항구의 집

Special thanks to Pdrito, Ana Catarina, Teresinha, Artur, Otilia and João.

Casa do Porto

contents

항구의 집

Prologue _ 8

항구의 집 by Otilia _ 18

Moonrise by Pedrito _ 38

Collector by Catarina _ 52

심리상담 by Teresinha _ 70

Voyage by Artur _ 84

Diary by João _ 100

영도 _ 122

한나 _ 134

꿈의 정리 _ 146

검은 털모자와 장갑 _ 154

노마의 그림자 _ 164

작가의 말 _ 174

Pedrito

Teresinha

Catarina

Artur

항구의 집 Prologue

Otilia

항구의 집

by Otilia

주앙의 집은 5층 건물 꼭대기에 있었다. 입구의 문은 짙은 멀바우 색으로 두껍고 무거웠다. 그 철문을 열고 들어서면 시원한 대리석 바닥이 나타났다. 한여름 산책 후 그곳에 네 발이 닿을 때면, 짧은 발가락과 뱃가죽이 절로 오므라들며 시원한 짜릿함이 느껴졌다. 나는 곧잘 그곳에 배를 깔고 누워 잠깐의 휴식을 만끽하곤 했다. 그때마다 주앙은 지긋이 미소 지으며 나를 내려다보았다. 그런 주앙을 올려다보며 혀를 내미는 순간이 나를 기쁘게 했다. 돌바닥은 계단을 따라 빙글빙글 회전하며 위층으로 이어졌다. 조용히 솟구치는 그 공간은 언제나 이곳의 방문객을 건물 깊숙이 빨아들이고 있었다.

계단을 한 바퀴 돌아 올라가면 올해 예순여섯 된 의사 실바의 오래된 정신과가 있었다. 갈색 눈과 빛나는 은색 머리털을 가진 늙은 여자였다. 그녀에게는 언제나 늙은 개의 냄새가 났다. 그런데 얼마 전부터 그 냄새가 점점 희미해지더니 근래에는 아예 사라져 버렸다. 나는 가끔 그 냄새를 꺼내 맡아보고 그

리움에 대해 생각한다. 언젠가

"실바도 가끔 그 냄새를 꺼내보겠지?"

라고 페드리토에게 물은 적이 있었다. 그러자 그는

"사람은 마음에 저장된 냄새를 꺼내볼 수 없어. 대신 비슷한 냄새를 맡으면 저장된 냄새들이 폭발하지. 폭발의 형태는 다양한데, 누군가는 그것으로 인해 웃고 누군가는 울어버려. 울어도 웃어도 그건 아름다운 거야."

라고 대답했다.

늙은 여자 실바는 꽤 쾌활한 편이다. 일주일에 한 번씩 방문하는 투덜이 노인에게도 늘 따뜻한 대답을 잊지 않는 것을 보면 말이다. 내가 〈지팡이 할배〉라고 부르는 그 노인은 언제나 어지러운 계단의 불편함에 대해 토로하며 상담을 시작했다. 얼마나 크게 이야기하는지 현관에 귀를 기울이면 지팡이 할배의 목소리가 계단을 타고 올라와 귓속에 맴돌 정도였다. 그래도 실바는 그 노인을 미워하지 않았다. 실바는 지팡이 노인이 가지지 못한 것 대신 가진 것을 떠올리게 해 주었다. 그래서 돌아가는 투덜이 노인의 발걸음 소리에서는 더 이상의 불평이 들리지 않았다. 3층과 4층은 각각 노부부의 집이었다. 그들은 40년 가까이 알고 지내며 일요일마다 아침 미사에 함께 참석하는 기쁨을 누려왔다. 신에게 향하는 그들의 시간과 나와 주앙의 아침 산책은 포개져 있었다. 그래서 우리는 자주 신 대신 그들의 축복 속에 아침을 시작했다. 그렇게 아래층엔 친절하고 사랑이 넘치는 사람들이 차곡차곡 쌓여있었다.

5층 입구엔 비옷 3개가 나란히 걸려있다. 나와 주앙 그리고 리의 것이다. 문을 열고 들어서면 짧은 현관을 지나 길게 이어진 두 개의 복도가 눈에 들어온다. 이 집의 많은 것들이 주로 나무로 만들어졌는데, 그중 마룻바닥은 만들어진 지 50년이 되었다. 재료로 사용한 호두나무가 자란 세월을 보태면 아마 100년은 훌쩍 뛰어넘었을 것이다. 특히 많은 사람들이 드나드는 주방 앞 복도 바닥은 매일매일 나뭇조각을 정교하게 맞춰주지 않으면 어긋나고 튀어 올랐다.

주앙의 집에 살고 있는 네 마리 고양이들은 가끔 그 조각을 툭툭 건드리며 벽의 한쪽 구석으로 몰곤 했다. 그들에게 어긋난 나뭇조각은 일상의 여유이자 너그러운 장난의 의미를 지니고 있었다. 방문객 중 일부는 따각따각 거리는 그 소리를 듣기 좋아해, 주방 앞에서 움직이지 않는 걸음을 걸었다. 주앙의 집은 전체적으로 낡고 오래되었지만, 이 집을 찾는 사람 대부분은 그것에 크게 신경 쓰지 않았다. 방문객은 주앙과 고양이들의 친절함과 배려심, 다정한 농담에 감탄했고 기회가 된다면 이 집에 다시 방문하고 싶어 했다. 그 응답으로 주앙은 늘 〈Come back〉이라는 표현을 사용했다.

이 집은 과거에 갈 곳 없는 소녀들의 집이기도 했다. 그래서인지 가끔 비슷한 옷을 맞춰 입은 소녀들의 영혼이 보이기도 한다. 특히 성당의 첫 종소리가 울리기 직전 이른 새벽이면 주방에서 뭔가 반짝이는 물방울이 떠올랐다 가라앉는 장면이 목격되었다. 이 현상은 나와 고양이들만의 비밀이기도 했다. 그 물

방울 중 대부분은 공중에서 사라졌지만, 일부는 식탁 위 세로페지아*가 담긴 접시로 떨어졌고, 고양이들은 그 물을 마시는 것을 즐겼다. 물은 과거와 연결되어 있었다.

"언제나 그랬듯 이 세상의 물은 결국 모두 하나가 될 운명이야."

페드리토가 그 물을 마시며 이렇게 말한 적이 있다. 그러나 그 물방울을 먹으면 어떻게 되는지는, 이 집의 고양이들 이외에는 누구도 정확히 알지 못했다. 적어도 나는 그 물을 마시고 싶지는 않았다.

미스터리 한 물을 마시는 이 집의 고양이들은 가끔 그들만의 작은 싸움을 일으키기도 했다. 그러나 그런 소동은 이 집 전반을 감싸고도는 평화라는 큰 공동의 가치와 어긋났기에 페드리토의 엄한 질책을 불러왔다. 페드리토는 우리 중 가장 어른 고양이이다. 나이로 치면 테레지냐, 아르투르와 동갑이었지만 그의 지혜와 지성은 다른 고양이들과는 남달랐다. 그의 눈빛은 언제나 통찰로 가득했고 어린 나는 그와 닮은 어른이 되고 싶다고 자주 생각했다. 그러나 내가 가장 잘할 수 있는 일은 관심이 필요한 사람에게 머리를 들이밀고 털을 만지도록 허락하거나 긴 혀로 얼굴의 슬픔을 간지럽히는 그런 복잡하지 않은 일들뿐이었다. 나는 언젠가 페드리토처럼 존재의 정신을 파고드는 일을 꼭 하고 싶었다.

이 집엔 한때 가장 자유로웠던 고양이가 살고 있다. 아르투르. 그는 집과 항구를 오가며 그 누구보다 넓은 영역을 탐험했었다. 이 집을 찾는 갈매기들과 친구가 되어 많은 대화를 나누며 세상사에 대해 밝은 녀석이었다. 그 어떤 고양이보다도 용감하고 호기심으로 가득한 그였다. 그 사고가 있기 전까지는 말이다. 그때 나와 주앙은 산책 중이었고, 우리가 집에 도착했을 땐 집안이 고양이의 비명으로 가득했다. 다시는 떠올리고 싶지 않은 기억이다. 무엇이, 어떻게, 왜 아르투르를 그렇게 만들었는지 정확히 알 수 없었다. 다만 이제 아르투르가 다시는 예전처럼 항구에 갈 수 없다는 사실은 분명했다. 그 일이 있고 가장 슬퍼했던 건 테레지냐였던 것 같다. 그녀는 한동안 음식을 제대로 삼키지도 못했다. 늘 테레지냐와 작은 싸움을 일으키던 카타리나도 그 시기만큼은 아주 조용히 그녀의 눈치를 살폈다. 어려운 시기였지만 우리는 함께 보듬으며 그 시간을 통과했다. 그리고 이 집을 찾는 방문객들도 간절한 회복의 마음을 집안 곳곳에 심어주었다. 그렇게 시간이 시간이 시간이 흘러가고 있었다.

---

*세로페지아 : 브라질 원산의 하트형 잎을 가진 초본 식물, 수경재배로도 잘 자라는 특징 있다.

Moonrise

by Pedrito

"으으으, 진짜 간지러 죽겠네."

리가 집에 도착한 지 5일째지만 여전히 물갈이 중이었다. 그런 리의 뒷모습을 물끄러미 바라보고 있다가 왼쪽 엉덩이와 허리 사이 푸르스름하고 둥그런 무언가를 발견했다. 살결 위의 푸르름은 창으로 새어 들어오는 한 줄기 햇살과 흐르는 물줄기를 투과해, 아주 잠깐이었지만 물결이 일렁이는 바다 같았다. 어쩌면 리가 어젯밤 이야기했던 고향 바다와 닮았을지 모른다는 생각이 스치는 순간, 나도 모르게 〈항〉하고 작은 소리가 새어 나왔다. 리는 분주한 와중에도 샤워 부스를 살짝 열더니

"답답해서 그래? 그러니까 따라 들어오면 힘들 거랬지? 문 열어 줄까?"

하고 눈을 초승달처럼 말아 올리며 말했다. 우리 사이의 언어는 여전히 미지의 수수께끼 같은 형태로 닿고 있었다. 나는 리가 알아차리기 쉽도록 얼른 욕실 카펫에 얼굴을 대고 바짝 엎드렸다. 이번엔 리의 입 주변에 어젯밤 보았던 초승달이 마주 보며 떠올랐고 샤워부스가 닫혔다. 곧 오늘 아침 턴테이블이

돌아가며 흘러나왔던 소리가 리의 입을 통해 재현되었다.

샤워를 마친 리는 욕실 안에서 보디로션을 온몸 구석구석 바르기 시작했다. 온갖 허브향이 뒤섞여있는 대기가 순식간에 덮쳐왔고, 나는 께름칙하고 기력이 저하되는 기분에 휩싸였다. 그러나 리는 아랑곳하지 않고 고개를 양쪽으로 까딱-까딱-하며 두 손을 교차해 자신의 팔을 쓰다듬었다. 그리고 곧 어깨 쪽으로 시선을 떨구더니 향을 깊이 들이마시고는 그 어느 때보다 만족스러운 표정을 지어 보였다. 리의 얼굴에 또 작고 깊은 달이 떠올랐다. 주앙이 왜 리를
 "Tão fofo, tão fofo..."
하고 표현했는지 알 수 있는 장면이었다.

리가 머리를 다 말리고 욕실을 나오는 순간, 때마침 현관문이 열리며 익숙한 냄새와 함께 금색 헬멧이 문 사이로 반짝였다. 주앙이었다. 베스파를 타고 온 걸 보면 아직도 차 수리가 끝나지 않은 모양이다.

나는 주앙에게 한달음에 달려가 그의 발목 언저리에 얼굴을 부비고 작은 원을 그리며 주변을 맴돌았다. 하지만 리를 발견한 주앙이 곧 손을 흔들며 다가가 인사하는 바람에 그를 놓치고 말았다.

"Bom Dia."

"Bon Dia."

대답하는 리의 발음과 억양은 아직도 어색하기 그지없었다. 그러나 두 사람은 마치 아주 오랫동안 그래왔던 것처럼 서로의 안부를 묻는 말로 대화를 시작했다. 이런저런 말들이 오고 간다. 알아들을 수 없는 언어들이 난무했다. 서로 다른 시공간을 가진 언어들은 차원을 넘어 넘실거리고 그 어느 하나 제대로 짝을 이루는 것은 없었다. 그래도 둘의 얼굴엔 언제나 희미한 달이 떠 있었다. 두 사람은 가끔 심각한 표정을 짓기도 하고, 어깨가 들썩일 만큼 크게 웃기도 했으며 또 가끔은 휴대전화를 꺼내 서로의 말을 다시 확인하기도 했다.

오늘의 주된 주제는 내일 있을 투어에 대한 이야기였다. 주앙의 베스파를 타고 둘이 마토지뉴스로 드라이브를 나갈 거라고 했다. 둘의 대화가 거의 끝나갈 때쯤 어지러운 허브향과 함께 리의 손바닥 사이에서 시끄러운 소리가 났다. 그 덕분에 나는 한동안 리에게 시선을 두었다. 리가 처음 이 집에 도착했던 순간이 떠올랐다. 열린 문으로 조심스레 들어온 리는, 익숙한 듯 몸을 숙이고 손가락을 내밀어 나에게 인사를 건네었었다. 나는 손끝에서 느껴지는 리의 모든 것들을 최대한 빠르고 깊이 빨아드려 기억을 읽어냈다. 알아낸 수많은 사실 중 하나는 리의 집에도 분명 나와 비슷한 존재가 살고 있다는 것이었다. 나를 대하는 자연스러운 행동과 손가락 사이에 배어있는 지울 수 없는 냄새가 그 증거였다. 그 뒤로도 리는 끊임없이 손가락을 내밀거나 알 수 없는 행동이나 말을 하며 배시시 웃었고, 경계를 푼 나와 내 형제들의 이름을 하루에도 수십 번 불러주었다. 사실 리는 이 집에서 그 어떤 존재와도 제대로 된 언어의 통로를 가지고 있지 않아 보였다. 그러나 나와 주앙이 그랬듯 최선을 다해 모두의 눈을 바라보고 있었다. 그 눈동자에는 무언가 간절한 것이 있어 보였다.

    다음 날 오후 4시, 주앙이 집에 도착했고 곧이어 새로운 게스트가 도착했다. 둘은 거실에서 한참 동안 지도를 펼쳐놓고 이야기를 나누었다. 리는 소리 없이 오가며 약속을 준비하고 있었다. 지금까지 꺼내지 않았던 색색의 화장품들과 향기 나는 물건들이 리의 방 여기저기에 흩어져 있었다. 나는 잠시지만 또 아찔한 기분에 휩싸였다. 분주하게 움직이면서도 긴장감이 있는 리의 모습에서 언어가 없이도 누군가가 느끼는 기다림과 기대감을 느낄 수 있었다.

    "Lee! Are you ready?"
그때 마침 거실에서 소리치는 주앙의 목소리가 들려왔다. 리는 깊은 한숨을 들이쉬고 내쉬더니 곧 입을 앙다물고
    "Yes!"
라고 대답하며 방을 나섰다. 현관 앞에서 미리 기다리고 있던 주앙이 리를 맞이했다. 다가오는 리를 바

라보면서도 주앙은 연신 손가락을 까딱거리며 재촉했다. 둘의 사이가 더 이상 좁혀질 수 없을 만큼 가까워졌을 무렵, 주앙은 웃으며 그녀의 볼을 양손으로 톡톡 두드리며 말했다.

"You are so pretty! Let's go!"
리의 얼굴이 곧 달이 되어 하늘 높이 떠올랐다. 세상 사람들이 모두 볼 수 있을 만큼 밝고 큰 달이었다.

꽤 오랜 시간이 지났지만, 리가 떠나지 않고 있었다. 그녀는 주앙을 대신해 이 집에서 우리의 밥을 챙기고 화장실의 모래를 정리했다. 가끔 오틸리아의 산책에도 따라나섰다. 그러더니 어제부터는 빨래를 정리하고 마룻바닥의 나뭇조각을 맞추기 시작했다. 이 집의 낮 시간은 대게 고양이들로 채워져 있었다. 리는 그 시간의 작은 틈은 비집고 들어와 이곳저곳에 자신의 냄새를 남기기 시작했다. 주방에서도 복도에서도 심지어 주앙의 방에서도 그녀의 냄새가 났다. 반만 한 달이 떠오른 밤, 나는 모두를 거실로 불러 모았다.

"리가 이 집에 오래 머물 것 같아. 그러니 다들 가족으로 대해줘."

그 말에 오틸리아가 기뻐하며 꼬리를 흔들었다. 콧구멍도 눈도 커진 오틸리아는 하마터면 큰 소리로 짖을 뻔했다. 아르투르는 고개를 좌우로 한 번씩 흔들곤 두 발로 일어났고, 테레지냐와 카타리나는 곁눈질로 서로를 응시하고 있었다.

'오늘은 좋은 날이야. 주앙의 곁에 오래도록 머물 손님이 생겼으니.'

나는 큰 숨을 몰아쉬고 밤하늘을 바라보았다. 달빛이 내려앉은 오래된 집의 은은한 향이 느껴졌다.

그 밤 이후 현관엔 주앙의 비옷보다 조금 작은 노란 비옷이 하나 더 걸렸다. 오틸리아는 이제 파트너를 바꿔가며 밤낮으로 산책을 즐기게 되었다.

---

*베스파 : 이탈리아에서 만들어진 최소의 스쿠터. '말벌'이라는 의미가 있다.

Collector
by Catarina

현관으로 향하던 나의 오른쪽 앞발이 자연스레 공중에 멈춰 섰다. 거의 동시에 턱과 얼굴의 긴 털들이 모두 현관 쪽으로 사사-삭 쏠렸다. 곧 낮고 무거운 소리로 위험을 알렸다.

"쟤, 고양이를 데려왔어."

현관문 앞에는 새로운 여자 한 명과 하얗고 광택 없는 커다란 가방이 놓여있었다. 본능적으로 그 안에 고양이가 있음을 알아차렸다. 어느 순간 낯선 향을 풍기는 미지의 존재가 튀어나올 것 같은 언짢음이 덮쳐와 꼬리가 바닥으로 곤두박질쳤다. 머리를 털고 간신히 마음을 진정시킨 나는 조용히 오른발을 내려놓았다. 그리고 거실로 향하는 여자를 앞질러 재빨리 테이블 위를 바라보며 튀어 올랐다.

"헙!"

하마터면 아르투르의 물그릇을 엎을 뻔했다. 첫인상부터 허둥대는 모습에 신뢰를 잃었을지 모른다고 생각한 그 순간, 여자는 나에게 손가락을 내밀며 반가운 체를 했다. 손톱이 꽤 길었고 그 사이에서 빵 부스러기 냄새가 진하게 풍겨왔다. 아마 식사한 지 얼마 되지 않은 것 같다. 입이 작고 마른 체격에 비해 너무나 다양한 음식 냄새가 배어있는 걸로 봐서는 근처 볼량 시장에 다녀왔을 확률이 높다.

"탐정 놀이 좀 그만하시지?"

어느새 다가온 테레지냐가 맞은편 의자에 오르며 눈을 가늘게 뜨고 빈정거렸다. 나는 못 들은 척하는 게 좋겠다고 생각하고, 다시 고개를 돌려 여자의 눈을 한동안 뚫어져라 바라보았다. 어딘가 곪아있는 눈빛이었다. 측은지심이 발동하려는 찰나, 다시 한번 짙은 고양이의 냄새가 코끝을 스쳤다. 나는 거듭 소리 내어 지금의 상황을 경고했다. 그러나 주앙은 내 쪽으로 돌아보며 싱긋 미소 짓더니, 여자의 이름을 물었다.

"아이리."

"Okay!, Irie "

그리곤 여느 때와 마찬가지로 항구의 집과 도시에 대한 설명을 이어갔다.

    이 집은 우리 형제들이 나눠 가진 영역으로 가득

차 있다. 거기에다 나는 테레지냐에게 영역을 빼앗기지 않기 위해 매일 같이 순찰하고 점검하는 피곤한 나날을 보내고 있다. 테레지냐. 그녀는 주앙이 7년 전까지 운영하던 〈Noémia da Costa Pinto〉라는 카페 마당에서 다섯 마리의 형제 중 막내로 태어났다. 한 살이 채 안 된 엄마의 첫 아기들이었다. 어린 엄마는 나흘을 그곳에 머물다가 두 마리 새끼와 함께 홀연히 사라졌다. 남은 새끼들이 밤낮으로 울어댔고, 주앙은 그것을 운명으로 받아들였다. 사실 주앙은 더 이상의 가족을 받아들일 처지가 아니었는데도 그녀를 집으로 데려왔다. 아마 그때가 주앙에겐 상실의 시대였기 때문인 것 같다. 나는 자주 주앙의 그 시절에 대해 상상하곤 했다. 길을 걷다 조금이라도 마음이 가는 것들이 있으면 집에 가져다 놓곤, 그것을 바라보며 마음의 빈 공간에 맞춰보았을 것이다. 그러다 결국 이 세상에선 더 이상 꼭 맞는 조각을 찾을 수 없다는 사실을 반복해서 경험했을 것이다. 그런 생각을 하면 참 가엾다. 인간은 어째서 저토록 오래 사는 것일까? 어쨌든. 그런 시절 테레지냐

가 이 집에 자리 잡게 되었다. 그녀는 나보다 6개월 먼저 태어났지만, 몸무게는 5kg이나 더 나가고 늘 누워있길 좋아한다. 뭔가 하지 않는데도 사람들은 그녀를 좋아한다. 누군가가 그녀를 향해 좋아하는 마음을 보낼 때면 나는 날카로운 질투심을 느낀다. 그녀는 사랑받는 것이 너무나 당연하다고 그리고 늘 자신이 나보다 우위에 있다고 여겼다. 그러나 나는 오만한 그녀와 비껴가는 사랑에도 굴하지 않고, 악착같이 네스트를 차지했다. 현관에서 가장 먼 방을 우리는 '네스트(둥지)'라고 불렀다. 태어나 함께 자라고 영역으로 인식한 장소이기 때문이다. 이제 그곳은 나와 페드리토의 공간인데 테레지냐는 늘 그곳을 노렸다. 새로운 사람이 오는 날이면 슬쩍 방으로 들어와 자리를 잡고 앉아 내 심기를 건드린다. 가끔은 커튼과 카펫에 소변과 채취를 듬뿍 묻혀 나를 화나게 만들기도 한다. 예전보다 살이 더 쪄서 행동은 조금 굼뜨지만 영악한 데가 있어서 잠시도 긴장을 늦출 수 없다. 아마 오늘도 새로 온 여자, 아이리를 따라서 방으로 들어올 것이다. 이렇게 작은 공간을 지키기 위해 분투하는 중인 내게 더 이상의 새로운 존재는 반갑지 않다. 아이리가 데려온 저 알 수 없는 녀석에게 내어줄 공간 따위는 없었다. 다시 한 번 주앙을 향해 소리쳤다.

"주앙, 저 여자가 고양이를 데려왔어, 난 허락할 수 없다고!"

두 사람이 거실 테이블에 마주 앉아 이야기를 나누는 동안 곁을 떠나지 않고 가방에서 새어 나오는 냄새에 집중했다. 냄새에는 모든 것이 있다. 특히나 실재하는 생물의 응축되고 짙은 냄새를 맡으면 지나온 삶과 일상이 파노라마처럼 스쳐 지나간다. 주앙이 사 온 납작하고 못생긴 복숭아, 새벽마다 지붕에서 노래하는 갈매기의 깃털, 심지어 잔에 담긴 소의 젖마저도 냄새를 통해 그동안의 궤적을 쫓을 수가 있다. 가령 얼마전 주앙이 사 온 보름달 같은 오렌지의 냄새에서는 양모로 만든 모자를 쓴 제비꽃 향 가득한 인간이 나무에 매달려 있던 열매를 따고 있는 장면이 그려졌다. 그리고 그것은 초콜릿 가게와 가까운 과일가게에서 잘 익은 자두 옆에 진열되었고, 마지막으로 주앙의 베스파에 실려 이곳까지 오게 되었다. 신선한 커피 향이 살짝 묻어있는 걸로 봐서는 단골 카페인 코모도로에 잠시 들렀던 것 같다. 그러나 정말 이상하게도 가방 안 고양이에서는 움직임의 냄새가 전혀 그려지지 않았다.

  '분명 고양이인데...'

수수께끼를 풀기 위해 골몰하던 나는 나도 모르게 입을 벌려 게슴츠레한 표정을 지었다. 그 모습을 바라본 아이리가 귀엽다는 듯 왼쪽 눈을 찡긋거리며 미소를 띠었다. 미소를 지을 때 아이리는 현실과 멀어져 어딘가 더욱 쓸쓸해 보였다. 그 쓸쓸함에 잠시 취해 넋을 놓았다가 시야에서 흐려지는 아이리를 느끼곤 다시 생각에 잠겼.

  '움직일 수 없는 작은 공간에 갇혀있는 걸까? 아니면 오랫동안 잠들어 있는 중인가?'

살아있는 존재에게 움직임의 냄새가 느껴지지 않은 적은 없었다. 그리고 고양이가 그토록 오랫동안 잠에 빠진다는 이야기는 들어본 적이 없다. 머릿속 미궁을 헤매는 중, 가느다랗고 긴 손이 커다란 가방을 여는 장면이 눈에 들어왔다. 두려움과 호기심이 끓어올랐다. 곧 본능에 이끌려 가방 옆으로 내려와 조용히 앉았다. 아이리는 우선 비밀번호를 풀고, 양손으로 지퍼를 조심스레 내린 후 가방을 바닥에 펼쳐 놓았다. 나는 냄새에 집중하며 그 안에서 무엇이 나올지 신경을 곤두세워 지켜보았다. 아이리는 우선 노란색 책 한 권을 꺼내고, 이어서 금색 단추가 달린 검은 주머니를 꺼냈다. 책에서 ETLOS라는 커다란 문자를 어렴풋이 보았다. 주앙이 고개를 숙여 노란 책을 건네받는 순간, 나는 그들 사이를 가로질러 재빨리 가방 속으로 들어갔다. 그리고 그곳 어딘가에 있을 미지의 고양이를 찾기 시작했다.

다음날, 아이리는 아침부터 바빠 보였다. 바쁜 와중에도 빙글빙글 돌아가며 소리 나는 것을 매만지며 노래를 불렀다. 아이리는 노래에는 영 소질이 없었다. 그러나 소리가 몸속으로 들어가 다시 목구멍으로 나올 때, 그녀 안의 끈적한 뭔가와 손잡고 사방으로 흩어지는 모습이 그려졌다. 그 덕에 아이리는 조금씩 가벼워지고 있었다. 가벼워진 그녀는 방을 몇 번 빙글빙글 돌더니 내 이름을 불렀다. 그리곤 내 엉덩이를 떠밀어 방문 밖으로 밀어냈다. 나는 뒤돌아보며 볼멘소리를 냈다.

"미안해, 나중에 밤에 돌아오면 같이 들어가자."
혼자서 가방을 조사할 기회를 놓친 나는 조금 허탈했지만, 곧 마룻바닥에 굴러다니는 작은 벌레에 온 마음을 빼앗겼다. 그녀는 그렇게 일찍 일어나 몸을 가볍게 하고 집을 나서, 밤이 되면 다시 돌아오는 날을 며칠 동안 반복했다.

"앤 평생 친구가 없었어. 너흰 좋겠다. 말이 통하는 친구들이 있으니까."
이른 아침 침대에 걸터앉은 아이리가 첫날 봤던 노란 책을 손에 쥐고 마침내 입을 열었다. 보통은 하룻밤 사이에도 수많은 비밀을 털어놓곤 하는데 이번엔 생각보다 오랜 시간이 걸렸다. 나는 아이리의 의도를 생각해 조심스럽게 대답했다.

"그 가방 안의 고양이 말이지? 그런데 걔, 지금도 혼자는 아니잖아. 네가 같이 있는데 뭐."

아이리는 알아듣지도 못했으면서 〈고마워〉라고 짧게 대답했다. 올려다본 아이리의 눈동자에 맑고 반짝이는 물이 고여있었다. 그 반짝이는 것이 한 방울 뚝-하고 검게 그을린 그녀의 무릎 위로 떨어졌다. 아이리는 남은 눈물을 다 짜내기 위해 눈을 깊게 꼭 감았다 다시 떴다. 그리곤 가방을 뒤져 첫날 보았던 검은 주머니를 꺼내 열었다. 그 안에서는 하얀색 털 뭉치가 나왔다. 며칠 동안 찾아 헤매던 미지의 고양이와 만나는 순간이었다.

"15년 동안 모은 거야. 가끔 털을 꺼내서 냄새를 맡는데 아무 냄새가 안 나. 냄새가 없는 게 이렇게 슬픈 일일까."

이해할 수 없는 말이었다. 그 농후한 검은색 주머니를 여는 순간 이토록 짙은 냄새가 방안을 가득 채우는데. 그때, 냄새를 맡은 테레지냐가 고유의 뒤뚱거리는 걸음으로 다가왔다. 테레지냐는 특유의 영악하고 순진한 표정으로 아이리를 바라보았다. 나는 거리를 두기 위해 얼른 침대 위로 뛰어올랐다.

"테레지냐, 왔어?"

아이리는 조금 전까지 서글픈 표정을 거두고 이내 활짝 웃어 보였다. 그녀도 테레지냐를 사랑하는 것이리라. 그리곤 눈을 치켜뜨며 잠시 생각하는 듯하더니 주머니에 있던 나머지 무언가를 꺼내 테레지냐에게 다가갔다. 나무와 금속으로 만들어진 정교한 조각이 있는 작은 빗이었다. 모서리에 J라는 이니셜이 새겨져 있었다. 햇살에 반짝이는 빗살 사이사이가 날카롭게 빛났다. 따뜻하고 동시에 차가운 물체가 테레지냐에게 닿아 부드럽게 그녀의 등허리를 여러 번 쓸어내렸다. 테레지냐는 기분이 좋은지 앞발을 보글보글 거리며 붉은 카펫 위에서 빗질에 장단을 맞추었다. 그 모습을 본 아이리가 익숙한 듯 노래를 부르기 시작했다.

"좋아해요, 좋아해요, 좋아해요. 하얀 털옷, 쓱쓱 하면 좋아해요."

테레지냐는 하얀 털을 가지고 있지 않았다. 그 노래

의 주인이 아니었다. 물론 테레지냐도 알고 있는 듯했지만, 그저 아이리에게 온몸을 맡겼다. 그녀는 멈추지 않고 노래를 불렀다. 훌륭하진 않았지만 분명 그것은 노래였다. 어떻게 들으면 간절한 주문같이 느껴지는. 아이리는 리듬을 타며 계속해서 빗질을 했고 가끔 테레지냐의 목소리가 노래 속에 실렸다. 투명하고 모호한 소리와 소리가 섞인다. 그것은 방 안의 공기를 타고 가볍게 날아올라 존재하는 모두의 머릿속을 휘젓는다. 그때, 새로운 냄새가 내 코끝에 닿았다. 아이리의 노래, 고양이의 말 그리고 더 이상 붙잡을 수 없는 수많은 채취가 만났을 때 읽을 수 있는 사랑과 그리움의 냄새였다.

심리상담

by Teresinha

그녀는 지붕을 떠났던 갈매기가 다시 돌아오는 시간까지 이야기를 이어가고 있었다. 나의 시선은 부산스레 움직이는 그녀의 입과 갈매기의 귀환을 구경하는 상상 속을 방황했다. 그녀는 마치 막 언어 체계를 이해한 어린 개체가 지금껏 밝히지 못했던 자신의 속내를 필사적으로 쏟아내듯 그렇게 열변을 토하고 있었다. 인간의 세상에선 저렇게 혼자 이야기하는 행동을 모자라거나 제정신이 아니라고 생각하는 경향이 있다. 그래서 인간들은 혼자 자유롭게 말하는 것을 부끄러워하고 부러 그림이니 글이니 음악이니 하는, 흔히 그들이 예술이라 부르는 희한하고 별스러운 것들을 만들어내어 자신만의 목소리를 담곤 했다. 그렇게 남에게 쉽사리 말할 수 없는 불결하고 수상한 감정과 생각들이 하나로 응축된 것이 우리 집에도 몇 가지 있었다. 그중 내가 가장 해롭게 생각하는 것이 현관문 바로 앞에 걸려있었다. 머리에 흰 천을 둘러쓰고 한쪽 팔을 내밀고 있는 여자. 주앙은 그림 속 그녀가 늘 자신을 지켜본다고 이야기했다. 그리고 그 여자가 우리를 지켜줄 것이라고도. 이 집에 머무는 일부도 가끔 그것에게 공손한 인사를 건넸다. 나는 그런 종류의 생각과 행위를 이해하지도 못했지만 이해하고 싶지도 않았다. 인간은 너무 많은 것에 신경 쓰고 의미를 부여하고 속박되기를 자초해 왔다. 그 그림도 인간을 부자유의 세계로 끌어들이는 그런 것들 중 하나였다. 만약 그것이 우리를 지켜줬다면 아르투르에게 그런 일은 일어나지 않았어야 마땅하다. 그의 생각을 떠올리자 잊고 있던 심연이 순식간에 솟구쳐 올라 미간이 좁아졌다. 좁아진 틈으로 작은 구멍이 뚫리고 고통스러운 그날의 기억이 온몸을 마비시켰다. 잠시 그 힘에 굴복해 시간의 감각이 멈춰버렸다. 더 이상 그녀가 들리지 않을 때쯤 지는 해의 냄새가 풍겨왔다. 나는 서둘러 현실로 돌아와 그 시끄럽고 속박된 공간에서 벗어났다.

오늘의 마지막 햇살에 조금 전 이야기에서 묻어온 지독한 냄새를 지워내고 물을 마셨다. 미지근한 액체가 까끌한 혀에 닿자 문득 그녀의 상태가 궁금해졌다. 뒤를 돌아 복도를 향해 뛰어내렸다. 네 발과

닿은 토닥거리는 나무의 소리에 나는 순간적으로 마음을 빼앗겼다. 움직이는 나뭇조각을 앞발로 일으켜 세워 이리저리 굴려보았다. 어긋난 파편들이 제자리를 찾아 부딪히는 소리가 따뜻하고 정겨웠다. 그러다 문득 조금 전 계획했던 일이 생각났고 모퉁이를 돌아 긴 복도를 걸어 그녀의 방으로 다가갔다. 방으로 들어서자 그곳엔 여전히 무언가 쏟아내는 그녀와 페드리토가 있었다. 이해심 많고 너그러운 페드리토였지만 조금 지쳐 보였다. 나와 시선을 교환한 그는 배를 보이며 그녀를 진정시키려 애를 썼지만, 그녀에겐 도무지 통하지 않았다. 그저 그의 배를 쓰다듬으며 이미 되돌릴 수 없는 지난날의 이야기를 계속해서 반복하기만 할 뿐이었다.

꼬박 하루에 걸친 그녀의 이야기를 요약하자면, 그녀는 아프지만 사실은 아프지 않은 사람이었다. 그녀에겐 늘 원인을 알 수 없는 불안함과 두려움이 가득했다. 그녀는 그것을 쫓기 위해 가짜 아픔을 만들어냈고 이제 진짜와 가짜를 구별할 수 없는 지경에 이르렀다. 처음 그녀가 병원에 간 이유는 몸에 힘이 빠지고 물건을 쉽게 떨어뜨리는 증상이 반복되었기 때문이었다. 숟가락이나 포크를 떨어뜨리는 순간, 그녀는 아주 날카롭고 불길한 예감에 휩싸였으며 곧 파킨슨병을 의심했다. 꼼꼼히 살펴보니 그녀의 몸 곳곳이 무기력으로 병들어 가고 있었다. 의심은 확신으로 굳어졌고, 자신에게 내려질 가혹한 운명을 받아들일 마음의 준비를 마치고 병원을 찾았다. 의사는 이런저런 검사와 질문을 하더니 새로운 병원을 소개해 주었다. 새로운 병원에선 그녀에게 신체적으로 건강하며 단지 정신적인 문제가 있다고 진단했다. 그러나 집으로 돌아와서도 증상은 나아지질 않았다. 그러던 중 그녀는 며칠 동안 심한 복통에 시달리게 되었다. 그 이후 무엇인가 먹기 전, 먹는 동안, 먹은 후의 모든 정신은 그녀의 위와 장에 집중되었다. 그녀는 식사를 준비하는 과정부터 살아 꿈틀거리는 그녀의 위장 속을 상상했다. 그리고 음식물을 삼킬 때마다 그 상상을 재현했다. 식사를 마치는 순간까지 복통이 없기를 간절히 기도하면서. 그러는 동안 사실상 음식의 맛은 제대로 느낄 수 없었다. 그녀는 점점 야위어 갔다. 그러나 안타깝게도 식사를 마치면 어김없이 극심한 고통이 찾아왔다. 그녀는 결국 다시 병원을 찾았다. 이번에도 역시 그녀의 몸엔 아무런 이상이 없었다. 그 이후 하루에 10번 이상 소변을 보러 가거나 다리에서 갑작스럽게 뜨거운 감각이 느껴지는 등 다양한 증상들이 그녀를 괴롭혔다. 이 집에 오기 직전에도 자신의 위에 큰 구멍이 났다고 생각했고, 실제로 많이 고통스러웠다고 한다. 그러나 의사는 여느 때처럼 위가 아니라 마음이 고장 난 것이란 진단을 내렸다. 이렇게 일련의 가지런한 상황이 수년간 계속 반복되고 있었다. 그녀는 늘 그렇게 스스로를 속이고 스스로에게 속고 있었다. 그러다 멈출 수 없는 불안을 잠재우기 위해 또 다른 불안을 부여잡는 것을 선택했고, 그중 하나가 미지의 도시로 훌쩍 떠나는 것이었다. 모든 것이 낯설고 새로운 곳에서 그녀는 그림자 같은 불안을 잠시지만 망각할 수 있었다. 이번 여행도 망각을 위한 여행이었다. 그러나 이번만큼은 쉽지 않아 보였다.

나는 수년간 이곳에서 인간을 상담해 온 전문가로서 그녀가 겪는 두려움의 근원이 무엇인지 쉽사리 알아차렸다. 사실은 우리 모두가 두려워하지만 입 밖으로 꺼내지 않는 것. 진실보다 망각을 택하는 그것. 아마 그녀가 살아있는 한 영원히 동행할 수밖에 없는 그것. 그러나 그것은 또한 그녀가 살아있다는 혹은 그녀가 필사적으로 살고 싶어 한다는 증거이기도 했다. 나는 이번 상담을 어떻게 마무리하면 좋을지 고민했다. 그러다가 몇 해 전 만났던 그을린 구릿빛 피부에 까칠한 수염이 덥수룩한 그리스 노인이 전해주었던 오래된 문장이 생각났다. 그리고 그 말을 그녀에게 전하는 것으로 이번 상담을 마무리했다.

"Memento mori."

Voyage
by Artur

"난 말이야, 내가 지금 왜 여기 있는지 모르겠어. 왜 여기까지 와서 이렇게 비참한 표정을 하고 있는지 잘 기억이 안 나. 이제 어떻게 해야 하는지 어디로 가야 할지도, 아니 갈 수 있을지조차 모르겠어."

간편하기 그지없는 짐과 비에 젖어있는 어깨, 그리고 상대방을 배려한 억지스러운 미소. 그것이 루의 첫인상이었다. 그녀는 카라가 넓은 노르딕 스타일의 카디건과 빛바랜 주황의 코듀로이 스커트를 입고 세트로 된 아이보리색 털 모자와 목도리를 두르고 있었다. 그녀의 옷에선 가공된 동물의 털이 흡수한 수많은 냄새가 진동을 했다. 코끝에서 피어나는 냄새의 향연. 그 깊은 중심으로 파고들려는 찰나, 주앙의 친절한 미소에 마지막 힘을 다해 억지스러운 미소를 지으며
"오늘은 조금 피곤해요. 내일 봐요."
하는 말을 끝으로 루는 꼬박 3일 동안 방에서만 머물렀다.

일요일 새벽, 울렁이는 침대의 움직임에 눈을 떴다. 루는 가슴에서 올라오는 뜨거운 것을 꾸역꾸역 삼키며 거친 호흡을 몰아쉬고 있었다. 터질 것 같은 응축된 공기가 루의 가슴에 몰아쳤고, 그녀는 고통에 몸부림쳤다. 눈에선 반짝이는 물방울이 뚝뚝 떨어지고 작은 침대는 그녀의 감정을 따라 끝없는 심연의 강을 떠내려가는 중이었다. 언제 침몰해도 이상하지 않을 그 작은 세계를 차마 떠날 수 없던 나는, 어쩌다 보니 그 뜨겁고 황량한 배의 동행이 되었다. 침대가 울-렁 또 한 번 울-렁. 루의 마음에 소중하고 곱게 쌓아 올린 무언가가 하나씩 무너질 때마다 침대가 함께 요동쳤다. 그녀는 무너진 마음을 다시 세우고, 또 무너뜨리고 또다시 세우길 지겹도록 반복하고 있었다. 그렇게 날이 샐 때까지 우리의 항해가 계속되었다.

무언가를 참는 고통스러운 음성과 신음으로 가득하던 방에서 루가 처음으로 내뱉은 언어다운 언어는 바로

"배가 너무 고파."

였다. 그 말을 내뱉고도 한참을 이불에 얼굴을 파묻고 멀리멀리 떠내려가던 그녀였다. 체취로 가득한 긴 파자마 드레스 자락을 드리운 루는 마치 새벽녘 도시의 안개처럼 소리 없이 그러나 가볍지 않은 발걸음으로 주방으로 향했다. 나는 힘겹게 침대 위를 내려와 바닥을 기어 그녀 뒤를 쫓았다. 루의 오래된 냄새가 복도 마룻바닥에 쓸릴 때마다 낡은 나무들이 삐걱거리며 노래를 불러주었다. 언제나처럼 동쪽 창 아래 높은 스툴에 앉아 있던 테레지냐는 진득한 그녀의 향기가 밀려오자 불편한 기색을 보이며 잠깐 눈을 반짝이더니 빠른 속도로 주방을 빠져나갔다. 테레지냐가 루의 발치를 지나가는 찰나 살포시 올라가는 그녀의 입꼬리를 목격했다. 잠깐 멍하니 서 있던 루는 싱크대 바로 위 찬장을 열었다. 그리곤 찬장 손잡이를 붙잡고 시선을 위로 향한 채 또 한 번 멍하니 멈춰 섰다.

'하나, 둘, 셋, 넷, 다섯.'

그녀는 아몬드 꿀을 집어 들어 싱크대 위에 내려놓

았다.

'하나, 둘, 셋, 넷, 다섯, 여섯, 일곱...'
마음속으로 수를 세고 있는 사이 아침햇살이 주방 창으로 스며들어오기 시작했다.

그 시간 그 자리는 지난 7년간 테레지냐의 것이었다. 테레지냐는 계절과 날씨마다 미묘하게 변하는 햇살과 습도의 냄새를 작은 스툴에 앉아 온몸으로 느끼며 수집하는 것을 좋아했다. 가끔 그런 테레지냐가 태초의 후각에 이끌려 이 집을 영영 떠나진 않을까 걱정했던 때가 있었다. 그러나 테레지냐는 이 넓지 않은 집 안에서 태양의 빛을 쫓아 맴돌기를 선택했고 우리는 여전히 함께였다. 나는 그런 테레지냐를 사랑했다. 과거의 기억에 잠시 빠져있던 찰나, 어느새 테레지냐가 다시 스툴 위에 앉아 햇살에 잠겨 있는 모습이 눈에 들어왔다. 생기 넘치는 작은 코, 적당히 치켜 뜬 큰 눈을 지나 검고 윤기나는 머리털과 중력을 거슬러 하늘을 향해 넘실거리는 그녀의 등어리 털이 눈에 들어왔다.

나는 그날도 여느 때처럼 발코니 난간에 앉아 항구에서 돌아온 갈매기들과 하루에 관한 이야기를 나누고 있었다. 그 시점 집엔 마루 공사가 한창이었고, 화분이란 화분들은 모조리 발코니로 넘어와 있었다. 덕분에 작은 벌레며 곤충들이 쉬지 않고 날아와 심심하지 않았다. 그렇게 식물과 작은 생물들에 둘러싸여 오늘 낮 항구에서 보았던 소년의 다이빙에 대해 이야기하던 중이었다. 테레지냐가 지는 해를 맞이하기 위해 창고 위로 올라가 자리를 잡았다. 나는 그녀에게 공기를 가르며 깊이를 알 수 없는 강으로 뛰어내린 한 소년의 이야기를 더 생생하게 전해주고 싶었다. 목소리를 가다듬고 그녀 쪽으로 고개를 돌리려던 순간, 벌 한 마리가 내 귓속으로 쑥 들어왔다. 나는 순간 균형을 잃고 뒤집어진 채 공기를 가로지르며 깊이를 알 수 없는 곳으로 추락했다. 발코니 난간까지 쫓아온, 전신의 털이 솟구친 테레지냐를 본 것이 마지막 기억이었다. 그리곤 한동안 일어설 수 없었다. 시간이 지나 집으로 돌아왔을 땐, 두 발로 걸어야 했다. 그날 이후 나는 자유롭지 않을 자유를 얻었다.

'잊고 싶은 기억일수록 더욱 생생해진다. 꿈이건 현실이건 기억의 속도를 이길 수 없다. 도망치지 말자. 되도록 자주 그 순간과 마주하자. 익숙해질 날이 올지도 모르니까.'

이렇게 걷잡을 수 없는 생각에 휩싸여 있다가 누군가의 기척에 다시 정신을 차렸다. 테레지냐를 바라보니 차가운 눈빛으로 나를 응시하고 있었다. 나는 짧은 눈인사를 건넸다. 그리고 초점을 바꾸어 루의 뒷모습을 바라보았다. 그곳엔 스스로 만든 강물에 빠져 푹 젖은 채, 뜨거운 물을 끓이려는 한 여자가 서 있었다. 건조함과 축축함, 투명함과 불투명함, 빛과 어둠. 루는 공존하기 어려운 그것들 사이에서 가만히 아주 가만히 서서 사투를 벌이고 있었다. 잠시 후, 뜨겁고 달콤한 물이 루의 빈속에 넘실거리자 멈칫거리던 그녀의 몸짓이 한결 부드러워졌다. 이제 루가 내쉬는 숨엔 달콤한 향까지 스며들어 있었다. 그 향은 주방 전체를 감싸 안았다. 그제야 그녀는 이 공간과 우리들의 존재 하나하나를 눈으로 훑으며 인식하기 시작했다. 루의 시선이 테레지냐에게로 향했을 때, 이내 그녀의 입꼬리가 올라갔다.

 "이건 왜 그런 거야?, 화난 거야?"

지금까지 들었던 것 중 가장 생기 있는 목소리였다. 테레지냐는 뒤를 돌아 루를 잠시 바라보며 눈을 한 번 깜박였다. 루도 테레지냐를 향해 눈을 깜박였다.

 "안녕, 내가 인사하는 걸 잊어버렸지? 그동안 여유가 없었거든. 미안해."

그리곤 곤두서있는 테레지냐의 등어리 털을 여러 번 쓰다듬었다. 한번, 또 한 번 그리고 또 한 번. 테레지냐는 살짝 고개를 돌려 손의 냄새와 온도를 확인했다. 그리곤 갈 곳 잃은 그녀의 황망한 손길을 가만히 참아주고 있었다. 그런 모습을 볼 때면 보기보다 너그러운 구석이 있다고 느껴졌다.

 "예쁜아, 이렇게 털이 화난 채로 살아왔던 거야? 그래도 괜찮아? 정말 괜찮았어? 나도 괜찮을까?"

 "미양-."

테레지냐는 귀찮다는 듯 작은 소리를 내었다. 그 소리에 루는 잠시 다른 세상에 다녀온 듯 인상을 찌푸리더니 큰 숨을 몰아쉬었다. 그리곤 테레지냐의 얼굴을 마주 보기 위해 동쪽 창으로 얼굴을 돌렸고, 그 때 들어온 햇살이 그녀의 얼굴을 감쌌다. 루는 눈부심에 눈을 감은 채 말했다.

"너 안 괜찮은 것 같아. 그나저나 난 이제 좀 씻어야겠어. 냄새나. 나중에 보자, 예쁜아."

아래층 음식점에서 돼지를 굽는 냄새가 건물을 타고 온 집안으로 침습하는 시간이었다. 매캐하고 농도 짙은 연기와 붉은색을 떠올리게 하는 그 감각은 이 집의 느긋한 방문객들을 종종 꿈으로부터 소환하기도 했다. 그때 때마침 현관문이 열리며 오틸리아와 주앙이 늦은 아침 산책에 나서는 소리가 들려왔다. 거의 동시에 욕실 문이 열리고 그녀의 힘없는 발자국 소리가 들렸다. 최대한 속도를 내어 두발을 구르며 소리를 쫓았다. 열린 방문을 통해 그녀의 뒷모습이 보였다. 루는 까맣고 긴 머리를 말리다 결국 코를 벌름거리며 서쪽을 바라봤다. 며칠을 제대로 먹지 못했던 그녀의 눈빛에 순간 생기가 돌았다. 잠시 후 루는 전에 볼 수 없었던 속도로 방을 빠져나갔다. 곧 금속이 부딪히는 작은 소리가 났고 루의 냄새가 멀어져 갔다. 시간이 얼마나 지났을까, 다시 나타난 그녀에게서 고기 굽는 냄새가 짙게 배어있었다. 루는 향신료에 절여진 돼지의 냄새로 가득 찬 바스락거리는 것을 탁자 위에 올려놓고 의자를 꺼내 앉더니 신발을 벗었다. 때마침 발코니에 있던 테레지냐가 그녀를 따라 올라와 탁자 위에 등을 돌리고 앉았다. 따뜻하고 진득한 음식 냄새가 정오의 햇살과 뒤섞여 범벅이 되었다. 빵에 둘러싸인 죽은 돼지를 한입 크게 베어 문 그녀가 말했다.

"맛있네, 맛있어…."

잠시 침묵이 흘렀다.

"뚝. 뚝뚝. 뚜두뚝. 뚝뚝."

루의 따뜻하고 향기로운 음식 위로 뜨겁고 밀도 높은 액체가 뿌려졌다. 그녀는 소화되지 않고 자꾸만 새어 나오는 그것을 양념 삼아 음식과 함께 꾸역꾸역 다시 속으로 밀어 넣었다. 그리고 그녀가 또다시 중얼거렸다.

"맛있어…."

Diary
by João

2022년 8월 3일

리, 부산 / 작가

술 X, 담배 X, 14박 15일

　　그녀의 첫인상은 '하얗다'. 나는 그녀의 피부색을 빗대어 <White>라고 말했고, 아직 더 그을려야 한다고 언급했다. 그러자 그녀는 웃으며 고개를 저었다. 그러더니 무슨 단어를 이야기했는데, 당시엔 알아듣지 못했지만 생각해 보니 아마 '주근깨'라고 한 것 같았다. 그녀는 오로지 모국어에만 능통했고, 약간의 영어를 구사했기 때문에 알아들을 수 없는 말들이 종종 있었다.

　　여행자를 위한 도시의 지리와 맛집에 관해 이야기하던 중, 여느 때처럼 그녀의 직업을 물었다. 그녀는 그림을 그린다고 말했다. 글도 쓴다고. 그러더니 잠시만 기다려 보라고 말하더니 커다란 여행 가방을 열어 무언가를 꺼냈다. <Present for your cats.> 그녀는 나의 고양이들을 위한 음식을 꺼내 테이블 위에 올려놓고 말했다. 그녀의 눈동자가 반짝였고, 뿌듯한 표정을 짓고 있었다. 꼭 재롱을 부린 후 머리를 쓰다듬어 주길 기다리는 오틸리아 같은 표정이었다. 나는 마음을 다해 감사를 표했다.

우리가 처음 만난 사이가 아니고 만약 그녀의 나이가 좀 더 어렸다면, 나는 머리를 쓰다듬어 주었을 것이다. 설명이 모두 마무리되고 그녀가 베스파 투어에 대해 물었다. 지금까지 그것에 대해 물은 사람은 손에 꼽을 정도였다. 그리고 아직까지 시도한 사람은 없었다.

작은 이 도시에서 여행자들은 오래 머무르지 않는다. 하루 이틀 머무르며 지는 해가 도시를 붉게 물들이는 광경을 목격하면, 손뼉 치고 만족하며 떠나곤 했다. 14일을 머무르는 그녀는 나에게 큰 손님이다. 나는 곧 스케줄을 잡아 알려주기로 했다. 그리고 그녀와 카타리나가 거실 테이블에서 인사하는 광경을 마지막으로 지켜보며 마토지뉴스의 숙소를 정리하기 위해 이동했다.

네이트, 시카고 / 학생

술 O, 담배 X, 1박 2일

  네이트는 미국에서 온 에티오피아 태생의 청년이었다. 저녁 7시쯤 내가 도착하자 네이트와 리가 거실에서 대화 중이었다. 영어에 익숙하지 않은 리가 구글 번역기로 뭔가 열심히 번역하고 있었고, 그 안에 <프란세지냐는 너무 고칼로리 음식이야. 나는 오늘 점심에 배가 불러 터지는 줄 알았어.>라는 문장이 적혀있었다. 나는 둘이 이야기가 마무리되기를 기다렸다.

  네이트에게 해야 하는 설명을 끝마치고, 욕실과 거실을 다시 한번 점검했다. 욕실 선반 위에는 네이트가 가져온 올인원 비누가 새롭게 추가되어 있었다. 그리고 그 옆에 얼마 남지 않은 리의 프랑스제 클렌징 젤이 나란히 놓여있었다. 마침 지난달 아른험에서 온 게스트가 두고 간 똑같은 제품이 있어, 리의 클렌징 폼 옆에 나란히 두었다.
  리와 네이트는 함께 저녁을 먹으러 나갔다. 뒤돌아 잠시 생각했다. 처음 본 사람과 함께 밥을 먹을 것 같은 사람은 아니었는데.

2022년 8월 4일

이다 & 마테오, 함부르크 / 커플

술/담배 O, 2박 3일

　이다와 마테오는 현관 바로 앞 방을 예약했다. 집에 도착해서 한번 둘러보고는 비어있는 좀 더 넓은 방으로 옮기고 싶어 했다. 다행히 예약이 겹치지 않아 저녁을 먹기 전 방을 이동했다. 이 커플에게 아르투르가 관심을 보였다. 거실 소파에서 어렵게 내려와 방 앞으로 가 한참을 살펴보았다. 페드리토와 카타리나는 줄곧 리의 방에 머무르고 있다.

커플은 50대로 결혼하지 않았다. 해 질 무렵 거실에서 잠시 대화를 나누었다. 이다는 교사였고, 마테오는 건축가였다. 둘은 10대 때 처음 알게 되었다. 30대 중반 잠시 함께 살았으며, 50대가 되어 다시 만났다고 한다. 한참 이야기를 나누던 중 리가 거실을 지나 부엌으로 향하며 눈인사를 건넸다. 손에는 음식이 포장된 박스를 들고 있었다. 거실 입구에 앉아있던 테레지냐가 리의 뒤를 따라 뒤뚱거리며 걸었다.

이다와 마테오는 포트와인에 가장 많은 관심을 기울였다. 특히 이다는 미니어처 술을 수집하는 취미가 있다고 이야기했다. 술에 대해 신나서 이야기하는 그녀를 마테오는 지긋이 조용하게 바라봐 주었다. 나는 다우의 화이트 포트를 추천했다.

리 & 네이트

리는 나의 농담에 잘 웃는다. 시도 때도 없이 농담을 했지만 언제나 같은 웃음으로 받아줬다. 가끔은 〈그녀가 이해했을까?〉 하고 생각할 때도 있다.

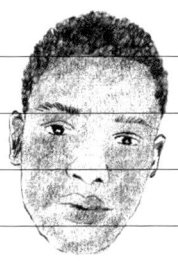

그녀의 방문은 늘 조금 열려있다. 고양이들이 드나들 수 있도록 하는 배려이다. 오늘은 고양이들이 그렇게 좋으면, 데려가라는 농담을 했다. 그리고 한 녀석만 데려가야 한다면 누구를 데려갈 거냐고 물었다. 그녀는 〈테레지냐〉를 선택했다. 그러면서 입꼬리를 최대한 올려 이가 보이지 않게 웃었다. 그럴 땐, 마른 그녀의 얼굴에도 통통하게 살이 올라 보기에 좋았다. 귀여웠다. 확실히 나이보다는 많이 어려 보였다. 내가 물었다. 어떻게 그렇게 어려 보이냐고. 그러자 그녀가 대답했다. 〈아직 철이 들지 않아서.〉 영어에 서툰 그녀가 어떻게 그 단어를 알고 표현했는지 조금 궁금했다.

오후 5시 네이트가 집을 떠났다. 고향에서 가져온 목각 기념품을 남겼다.

2017년 8월 5일

리

　　아침 9시가 좀 넘어서 리가 어설픈 포르투갈어로 인사를 건넸다. 나는 발음을 교정해 주고 〈Até amanhã.〉라는 말도 추가로 알려줬다. 거실에 앉아 각자 아침을 먹었다. 아르투르가 소파에서 소리를 내자, 그녀가 일어나 그를 안아 옮겼다. 그리고 이렇게 말했다.
〈He would like to be with you. And I love him.〉

　　그녀는 복숭아 한 개, 불량 시장에서 산 듯한 포르투갈식 크루아상과 올리브유를 곁들여 먹었다. 나는 그녀에게 요리를 하냐고 물었다. 그러자 그녀는 〈가끔.〉이라는 대답을 하며 부끄러운 듯 웃음을 지었다. 이어 더듬거리며, 평소에는 바빠서 거의 요리하지 않으며 이제 요리하는 방법을 잊어버렸다고 말했다.

　　그 짧은 이야기를 최선을 다해 전달하고 이해시키려는 그녀의 목소리. 목소리가 들릴 때마다 부드럽게 함께 움직이는 머리칼과 목선. 내 쪽으로 기울이는 그녀의 몸과 긴 손가락이 눈에 들어왔다.

식사가 끝날 때쯤 오늘은 무엇을 할 거냐고 그녀에게 물었다. 그녀는 서핑이 예약되어 있다고 말했다. 그녀와 서핑이 왠지 어울리지 않았지만 나는 어깨를 두드리며 응원을 보냈다. 내 손이 어깨에 닿자, 그녀의 두 눈이 순간 커지는 것을 목격했다.

미사키, 베를린(구마모토) / 금융권 회사원
술 O, 담배 X, 5박 6일

미사키가 도착했다. 나는 어제 리에게 일본인 여자 게스트가 온다는 사실을 알렸다. 리는 두 눈을 똥그랗게 뜨며 <오!>하고 기뻐하는 듯했다. 미사키는 이번이 2번째 포르투 여행이라고 했다. 일본 구마모토에서 나고 자랐고, 20대에 베를린 유학길에 오르며 그 이후로 계속 살고 있다고 했다. 첫 번째 여행에서 느꼈던 도시의 인상이 좋아서 이번에는 조금 더 오래 머무르며 즐기고 싶다고 했다.

루커스 & 미아, 텍사스 / 커플

술/담배?, 1박 2일

 루커스와 미아는 늦은 오후 도착해서 아침 일찍 떠났다. 나는 저녁 시간 그들을 잠시 마주쳤다. 아직 어린 커플이었다. 짧은 일정으로 많은 도시를 여행하고 있었다. 이미 닳아빠진 운동화 두 켤레가 방 앞에 나란히 놓여있는 모양이 사랑스러웠다.

 다음 날 아침 그들이 떠난 후, 아침 식사에서 리와 마주 앉았다. 리는 아르투르가 그들 곁에서 잠을 잤다고 알려주었다. 그러면서 자기에겐 오지 않는다며 입을 삐죽거렸다.

8월 7일

미사키 & 리

    미사키와 리가 좋은 친구가 될 거라 생각했지만, 그들은 그렇게 가까워지지 않은 것 같다. 아침 혹은 하루 중 가장 뜨거운 시간, 거실에서 잠시 잠깐 대화를 하거나 간식을 나눠 먹긴 했지만, 함께 외출하진 않았다. 나는 왜 둘이 좋은 친구가 될 거라고 생각했을까?

    리는 고양이를 사랑한다. 사료 그릇과 물그릇이 비어있으면 채워주고, 시간이 나면 털을 빗겨주었다. 어제는 아르투르의 실수를 아무도 모르게 처리해 주었다. 마치 가족 같았다. 오후엔 상벤투 역 근처 빈티지 숍에서 산 도자기 인형과 편지가 써진 엽서들을 자랑했다. 인형의 오른손엔 쥐고 있던 무언가가 깨진 흔적이 있었다. 그녀는 그것에 대해 한참 이야기했다. 그러면서 혹시 알게 되면 꼭 알려달라고 당부했다. 그녀의 영어가 많이 늘었다.

예슬, 브르노(인천) / 유학생

술/담배 X, 2박 3일

　예슬은 브르노에서 유학 중인 한국 국적의 유학생이었다. 아침 일찍 예약 후, 자정 가까이 도착했다. 늦은 밤이었지만 밝은 미소와 쾌활함이 돋보였다. 리가 잠시 나와 예슬과 인사했다. 둘은 서로를 보며 웃었다.

　작은 일에도 쉽게 웃는 둘을 보고 있자니, 삶이 참 가볍게 느껴졌다. 좋은 의미에서. 이곳의 여행자들이 모두 행복한 것은 아니지만, 적어도 이 둘은 근심과 걱정, 아픔과 슬픔 같은 것들은 어딘가 던져두고 여기까지 온 것 같았다. 그녀들의 웃음과 바라보는 눈빛, 흥얼거리는 대화 덕에 오늘 밤이 가벼워졌다.

2017년 8월 8일

리 & 예슬

　　아침에 일어나니 이미 리와 예슬이 거실에서 이야기를 나누고 있었다. 기분 좋은 아침 샤워 후, 대충 수건을 걸치고 나오는데 예슬과 눈이 마주쳤다. 그녀는 깜짝 놀라며 반사적으로 두 손을 눈 가까이로 가져갔다. 그 모습을 보며 리가 웃었다. 나는 벽 뒤에 숨어 다시 한번 크게 손을 흔들어 익살스럽게 아침 인사를 건넸다.

　　예슬은 키가 작고 피부가 검은 편이었다. 대학에서는 경영학을 전공하며, 올해가 유럽에서 보내는 첫 여름 방학이라고 했다. 그녀는 시종일관 들떠있었다. 포르투 여행과 다가오는 여행지 리스본의 계획까지, 많은 이야기를 풀어놓았다. 예슬은 리에게 <언니>라는 호칭을 사용했다. 예슬의 설명으론 자신보다 나이 많은 여자 중 아주 친근한 사람에게 쓰는 호칭이라고 했다.

　　예슬의 이야기가 끝나자, 나와 리는 잠시 베스파 투어에 대한 일정을 의논했다. 짧게 이야기를 나누는 동안 마음이 자꾸 울렁거렸다. 우리는 8월 10일 오후

5시, 마토지뉴스를 지나 해안을 따라 투어를 떠나기로 했다.

아침 시간 동안 나는 그녀들과의 이야기에 빠져 있었다. 우리는 서로 다른 생각을 하고, 취향을 가지고, 서로 다른 도시에서 왔지만, 한 가지 공통점이 있었다. 모두 항구에서 태어났다는 점이었다. 어쩌면 보이지 않는 우리의 태생이 오랜 시간 서로가 서로를 끌어당기도록 만들었는지도 모른다.

항구에서 태어난 세 사람의 입에서 가느다란 실이 나와 서로 꼬이고 엉켜 새로운 색실이 완성되었을 때, 우리는 모두 함께 미소 지으며 이 넓지 않은 항구의 집을 사람의 온기로 가득 채웠다.

영도

나는 바다에 빠진 적이 있었다. 날은 더없이 화창했고 열다섯 소녀들의 수다만이 의미 있던 날이었다. 우리는 여름방학을 맞아 태종대에 갈 계획을 세웠다. 목적은 바다 수영과 놀이동산의 롤러코스터. 같은 부산이라도 태종대는 자주 갈 수 있는 곳이 아니었다. 서북쪽에 위치한 우리 동네와 동남쪽의 영도는 꽤나 멀리 떨어진 곳이었기 때문이다. 그날 우리는 설렘을 가득 안은 채 버스를 두 번 갈아타고 영도대교를 넘었다. 1시간 하고도 반쯤 달려 목적지에 도착했다. 정류소에 내려 우선 핫도그 세 개를 사서 나눠 먹으며 해변을 향해 걸었다. 걸음이 빠른 무리는 벌써 저만큼 앞서가기 시작했다.

"야 아까 아줌마가 케찹 많이 친다고 눈치 주는 거 봤제?"

"아, 그러니까! 우리가 돈이 있으면 한 사람에 한 개씩 사 먹었지!"

"어른인데 그것도 이해 못 해주나. 이 쪼그만 거에 케찹을 쳐봤자 얼마나 친다고?"

"키키키킥, 그러니까 치사해서 진짜."

핫도그 이야기만으로도 하루를 가득 채울 수 있을 것 같던 그때, 앞서가던 세 친구 중 하나가 뒤돌아서며 소리쳤다.

"야! 저기 밑에 바다다!!! 다 왔다. 다 왔어!"

뒤따르던 우리는 재빨리 달려가 난간 앞에 선 친구

옆으로 쪼르르 붙어 섰다. 아래로 내려다보자 텐트와 사람들로 가득 찬 해변이 바다색을 다 잡아먹을 만큼 화려하고 선명했다. 나는 불편함을 느꼈다. 저 아래는 아무래도 너무 시끄럽고 정신없어 보였다. 친구들과 보낼 조금 더 안락하고 평화로운 장소가 절실했다. 눈동자를 이리저리 굴려 생각을 가다듬고 친구들에게 말했다.

"야, 내가 저기보다 더 좋은데 안다. 조금만 더 가면 사람도 별로 없고 우리끼리만 딱! 놀 수 있는 데 있다. 좀만 더 가자."

거짓말이었다. 그러나 엄마의 고향은 이 바다였다. 친구들 중 유일하게 섬과 연결되어 있는 것이 나였다. 그래서 다들 내 말을 철석같이 믿었고 그렇게 10분 정도 걸어가니 다행히 새로운 장소가 하나 나타났다. 해변이라고 하기엔 작고 좁은 만에 가까운 형태였다. 한쪽은 높고 깊은 절벽이 있고 반대쪽은 사람 한 명 지나갈 수 있는 좁은 자갈길로 옆 해변과 연결되어 있었으며, 작은 유람선 한 대가 정박해 있었다. 우리는 그곳을 내려다보며, 태종대엔 자살바

위가 있는데 그중에 한 곳이 저기 저 낭떠러지가 아니냐며 시답지 않은 옛날이야기를 지어내며 한참을 떠들었다. 여러 가지 소리가 복잡하게 섞여 있었지만, 사실 15살 소녀들의 눈엔 그곳은 이미 사연 많은 배 한 척이 정박한 신비롭고 새로운 세계였다. 지금부터 시작될 소녀들의 놀이를 아무런 방해 없이 세상으로부터 지켜줄 천혜의 요새. 그렇게 우리는 그곳을 바다 수영 장소로 낙점했다.

가져온 은색 돗자리를 펴고, 사방을 자갈로 단단히 고정했다. 서로 가려주며 대충 옷을 갈아입은 후 자갈밭을 지나 바다로 뛰어 들어갔다. 바다는 생각보다 깊었다. 1m가 안 되는 얕은 구간을 지나면 가파른 경사 구간이 생겨 금세 발이 닿지 않았다. 바다 수영이 목적이었지만 우리 중 그 누구도 수영에 익숙하지 않았다. 결국 비장의 무기로 가져온 튜브며 비치볼을 물에 띄워 그것을 타고 놀기로 했다. 햇살이 뜨끈하고 물도 적당히 뜨끈했다. 물 위에서 둥둥 거리는 느낌이 한가롭고 편안했다. 눈을 감고 눈꺼

풀 위에 맴도는 뜨거운 햇살을 느끼던 찰나, 저기 멀리서 뱃고동 소리가 들렸다. 눈을 떠 소리의 방향을 바라보니 배 한 척이 다가오고 있었다. 그때 비슷한 또래로 보이는 남학생 무리가 달랑 수영복 팬티 하나 걸치고 새까맣게 탄 얼굴로 바다로 들어왔다. 그들은 저마다의 방식으로 바다를 즐기고 있는 우리에게 어렴풋이 이렇게 말했다.

"여기 수영하는데 아인데."
나는 다가오는 유람선을 바라보며 마음속으로 대답했다.

'웃기고 자빠졌네.'
그 애들은 튜브 없이도 수영을 곧잘 했다. 그들 중 일부는 이미 까맣게 탄 살이 벗겨지고 그 아래로 말간 새살이 돋아나고 있었다. 그렇게 작은 해변은 소녀와 소년들로 가득 찼다.

"뿌웅-, 뿌웅-."
아까 저기 멀리 보이던 배가 어느 사이 만으로 들어오고 있었다. 작은 세상이 공명했다. 그때 나는 친구와 함께 막냇동생에게 빌려온 어린이용 튜브에 매달려 있었다. 그런데 작은 파도가 하나둘 만나 서로 합쳐지더니 이윽고 거센 한방의 물결이 나와 친구를 덮쳤다.

"아-ㄱ, 흡."

나는 발이 닿지 않는 바다에 힘껏 던져졌다. 코와 눈과 입으로 바닷물을 한 사발 들이켰다. 정신이 없었다. 살기 위해 온몸에 힘을 가득 주고 물에서 나오기 위해 발버둥 쳤다. 그러나 힘을 주면 줄수록 바다는 더 큰 힘으로 나를 잡아당겼다.

"살려…줘, 야…살려줘…."

물을 먹고 또 먹고 이게 물인지 침인지 구별이 안 될 때쯤, 누군가 내 겨드랑이 사이로 들어왔다. 그리고 곧 어디선가 작은 튜브 하나가 날아왔다. 나는 마지막 힘을 다해 그 튜브를 붙잡았다. 두 눈은 짠물과 눈물이 섞여 줄줄 흘렀고, 벌어진 입으로는 침이 사정없이 흘러넘쳤다. '살았구나.' 하는 안도감이 들었지만, 너무 놀란 나는 숨 쉬는 것이 쉽지 않았다. 그때 옆에서

"하나 푸-, 둘 푸- 천천히, 천천히. 안그라면 죽는 디."

하며 숨 구령을 맞춰주는 소리가 들렸다. 나는 필사적으로 그 소리에 집중했다.

"푸-우, 흑, 푸-흑, 푸-후, 후, 흑, 푸-우, 후."

어느 정도 숨이 골라지자 따가운 눈을 비비며 소리의 방향을 바라보았다. 어렴풋이 보이는 까만 피부, 힘껏 젓는 오른팔, 짧은 머리와 유난히 큰 귓바퀴. 아까 그 까만 남자애였다. 순간, 그 애에게 비칠 내 몰골을 생각하니 너무 부끄럽고 싫었다. 그야말로 창피해 죽을 것만 같았다. 그러나 그 애는 아랑곳하지 않고 내 눈을 바라보며 자꾸

"하나 푸-, 둘 푸-"

하며 눈을 부라렸다.

'아 쪽팔려 죽겠다. 빨리 도착해라. 제발 제발 제발 빨리.'

나는 치욕의 순간이 어서 끝나고 육지에 닿기를 간절히 바랄 뿐이었다.

"아랑아! 아랑아 니 괜찮나?? 어떡해! 어떡해!"

"진짜 죽을 뻔했다."

"고맙습니다. 고맙습니다. 진짜 큰일 날뻔했는데, 고맙습니다."

나 역시 고맙긴 했지만, 호들갑 떠는 친구들이 미웠다. 그래도 인사는 해야겠기에 일어나서 소년을 바라보았다. 머리는 바닷물에 쓸려 엉망이었고 여전히 물과 침이 범벅이 된 얼굴로 간신히 입을 열었다.

"고맙습니다. 덕분에 살았네요."

그러자 그 애는 씩 웃으며 말했다.

"말했잖아요. 여기 수영하는 데 아니라고. 여기서 사람 많이 죽었어요. 할려면 저쪽에 넓은 자갈밭에서 수영하세요."

그리고 곧 친구들을 이끌고 높은 계단을 올라 시야에서 사라졌다.

그 사달이 있고 우리는 은색 돗자리에 누워 한참 동안 수다를 떨었다.

"야 아까 그 애 좀 잘생기지 않았더냐? 얼굴이 까매서 그렇지 잘생겼던데?"

"맞제, 맞제. 키도 크고. 나도 그렇게 생각했는데!"

"나중에 나가는 길에 다시 만나는 거 아니가?"

눈을 부라리던 까만 얼굴의 소년이 떠올랐다. 하지만 나는 그 치욕을 다시 떠올리고 싶지 않았다. 살았다는 안도보단 보이고 싶지 않은 모습을 생전 처음 보는 남자애에게 보였다는 부끄러움에 몸부림치고 있었다.

"야야, 이제 옷 갈아입고 가자."

"벌써?"

"내 아까 빠지는 바람에 힘이 없다. 부상자다, 부상자. 배도 고프고."

"오! 그럼, 우리 냉면 먹자! 아까 올라오는 길에 냉면 파는 데 있던데."

우리는 그 길로 대충 옷을 갈아입고 버스 정류소 근처 냉면집으로 향했다. 이윽고 소녀들의 우렁찬 목소리가 가게 안에 울려 퍼졌다.

"안녕하세요!"

"어서 오세요."

낯익은 목소리. 그 애가 내 쪽을 보면서 씩 웃었다. 한쪽 뺨에 배꼽 같은 보조개가 생겼다. 친구 중 하나가 큰소리로 손가락질하며 말했다.

"오! 생명의 은인!"

한나

콩은 나에게 쓴 음식이다. 근데 하필이면 이 도시의 첫 끼니에 콩이 들어간 음식을 골랐다. 짭조름하게 간이 되어 길게 찢어진 돼지고기 사이사이 작고 둥글둥글한 것들이 촘촘히 박혀있다. 그것들은 탱글하다가 곧 물컹 바스락하며 내 입속에서 스러지고,

나는 그 감각을 오롯이 느끼며 미간을 찌푸린다. 찌푸린 미간 사이로 하나의 기억이 떠오른다.

    한나의 얼굴은 참 아름다웠다. 까무잡잡한 피부에 크고 깊은 눈. 적당한 두께의 쌍꺼풀과 길고 얇은 눈썹. 큼직하고 굵직한 이목구비가 서로 사이좋게 어울려 자리 잡고 있었다. 한 가지 단점이라면 눈꼬리가 눈썹 가까이 찢어져 있어 눈을 부릅뜨면 사납게 보인다는 점 정도였다. 그런 그녀와는 초등학교 때 몇 번 같은 반을 했고, 우리는 성이 같아 비슷한 번호를 부여받았다. 4학년 때 각각 43번 44번으로 1년을 보내며, 숱하게 그녀와 짝이 되었다. 다른 건 다 괜찮았지만, 체육 시간에 그녀와 짝이 되는 것은 곤욕이었다. 결과가 정해진 승부. 그녀는 길고 빠른 다리를 가지고 있었다. 전교에서도 1, 2등을 다투고 학교 육상부에서도 탐내는 인재였다. 나는 워낙 승부욕이 강하기도 했지만, 단순히 패배하는 것이 문제는 아니었다. 그녀는 먼저 결승선을 통과하면 항상 저 멀리서 달려오는 나를 기다리고 있었다.

손을 흔들며 나를 응원하는 척 연기하는 모습은 마치 패자를 끌어안는 진정한 영웅의 모습 같아 보였을 것이다. 그러나 실상은 그렇지 않았다. 그녀는 내가 숨을 헐떡이며 결승점을 통과하는 찰나를 낚아채 어깨동무를 했다. 그리곤 작은 소리로 늘 이렇게 이야기했다.

"공부는 잘해도 달리기는 내한테 안 되네."
나는 그 말이 너무 싫었다.

한나와 나는 같은 중학교에 진학하게 되었고, 2학년 한때, 도시락을 함께 먹는 사이가 되었다. 함께 먹는다고는 했지만, 아마 우리 반의 모든 아이들이 한나와 함께 밥을 먹는다고 생각했을 것이다. 점심시간이 되면 그녀는, 우선 우리 무리로 다가와 의자를 당겨 앉았다. 그리곤 모두에게 빨리 도시락을 열어보라며 재촉했다. 그리곤 아이들의 반찬을 쓱 훑어보며 자기가 먹고 싶은 반찬을 하나씩 자신의 밥 위에 올려두었다. 그리곤 다시 의자에서 일어나 반 전체를 돌며 그렇게 자신이 원하는 반찬을 모아 유랑하듯 밥을 먹었다. 그녀에게 누구랑 밥을 먹는지는 중요하지 않은 것 같아 보였다. 그러나 한나는 늘 우리 무리를 〈내랑 밥 먹는 애들〉이라고 불렀다. 그때까지 한나를 좋은 사람이라고 생각해 본 적이 없지만 나쁘다고 생각하진 않았기 때문에, 나는 그녀를 먼 친구라고 분류했다.

그러던 어느 날, 겨울 방학을 앞둔 수학 시간이었다. 수학밖엔 모를 것 같은 두꺼운 안경을 낀 착하고 약간은 아둔한 선생의 시간. 한나는 점심 후 깊은 잠에 빠져있었다. 선생은 그런 그녀 곁으로 다가가 단소로 톡톡 건드렸다. 한 번, 두 번, 세 번. 갑자기 그녀가 의자와 책상을 박차고 입에 담아서는 안 될 심한 말을 하며 자리에서 일어났다. 선생도 놀란 눈치였다. 잠시 정적이 흘렀고, 곧 한나의 울음소리가 교실을 한가득 채웠다. 그녀는 영혼이 떠나갈 것 같이 꺼억꺼억 큰 소리로 목 놓아 울었고, 결국 양호실로 끌려갔다. 나중에 전해 듣기론 그날 한나의 부모가 이혼했다고 한다. 그녀에겐 고통스러운 날이었을 것이다.

    그 일이 있고 한참이 지났다. 중학교 3학년 때 우리는 다른 반이 되었고, 더 이상 함께 밥을 먹지 않게 되었다. 가끔 지나치며 그녀와 마주했지만 더 이상 인사를 나누지도 않았다. 사실 인사할 용기가 나지 않았다. 한나에게서 풍겨오는 짙은 담배 냄새와 늘 찌푸린 미간이 나를 두렵게 했기 때문이다. 그러던 중 수업 시간에 참을 수 없는 신호가 와 급하게 화장실로 달려가게 된 날이 있었다.
  "하. 아, 진짜 죽다 살았네."
급한 불을 끈 나는, 후련하고 안심한 마음으로 화장실 문을 열고 나왔다. 순간 인기척과 함께 하얀 연기가 뿜어져 나오는 광경과 마주했다. 나는 다시 숨을 참고 연기 속으로 들어섰다. 그곳엔 한나가 서 있었다. 나와 눈이 마주친 그녀가 오른손 검지와 중지에 담배를 낀 채 말했다.
  "안녕, 오랜만이네."
  "응, 안녕."

"니 왜 계속 내 모른 척했는데?"

"그냥. 니도 아는 척 안 하길래."

"참, 그것도 변명이라고 하나."

"……."

"니 요즘에도 콩자반 반찬으로 싸 오나?"

"응, 가끔씩. 왜?"

"그거 진짜 맛없었디. 다른 애들도 니 콩자반 싸 오는 거 싫어했는데, 다들 말 안 하드제?"

나는 순식간에 얼굴이 붉어졌다. 그 말이 사실이든 아니든 배신감과 부끄러움으로 온몸이 뜨거워졌다. 그러나 타오르는 저 작은 붉은빛과 피어나는 연기, 찢어진 한나의 눈앞에서 그 어떤 대응의 말도 떠오르지 않았다. 빨리 그 자리를 피하는 것만이 내가 할 수 있는 유일한 방법이었다.

"내 간다."

끓어오르는 감정을 들키고 싶지 않아, 서둘러 말을 내뱉었다. 그녀 옆을 지나 화장실의 미닫이문을 열고 한 발짝 내딛는 순간, 한나가 또다시 입을 열었다.

"이제 콩자반 싸 오지 말고 다른 맛있는 거 싸 오 니. 내가 검사하러 간다."
그 순간부터 나의 인간관계 리스트에서 그녀는, '먼 친구'에서 '천하의 나쁜 년'으로 옮겨졌다. 내가 할 수 있는 복수는 거기까지였다. 그리고 나는 더 이상 콩자반을 맛있게 먹을 수 없었다.

그날 이후 2년이 반이 지났다. 한나와 나는 서로 다른 학교로 진학했고 나는 콩자반을 볼 때 이외엔 그녀를 거의 떠올리지 않았다. 그러던 고 3 여름방학 직전, 누군가 강제 전학 온다는 소문이 학교에 파다 했다. 그 당시 나는 학급의 부반장이었고, 반장과 함께 그 소식이 실제란 사실을 담임에게 처음으로 듣게 되었다.
"반장과 부반장이 역할을 잘해줘야 합니다."
나는 그게 어른이 할 이야긴가 생각했다. 전학을 못 오도록 막는 게 선생이 해야 할 일이 아닌가라고 생각했었기 때문이다. 어쨌든 새로운 인물의 등장은 막을 수 없었고, 서로를 마주해야 하는 그날이 왔다.

아침 조회 시간에 평소보다 조금 늦게 도착한 선생은 키가 크고 까만 여학생과 함께였다. 그 애가 교탁 가까이에서 정면을 바라보자 나는 저절로 입이 벌어지고 가슴 한편에서 '쿵'하는 거대한 소리를 들었다.

"김한나, 육상부고 오늘부터 함께 지내게 되었으니까 다들 잘 지내세요."

"안녕, 나는 김한나고 단거리 육상 선수야. 교실에 있는 것보다 운동장에 있는 시간이 길겠지만 잘 지내보자."

그러다가 그녀와 눈이 마주쳤다. 그녀는 나를 발견하고 큰 소리로 내 이름을 부르며 다가와 덥석 손을 잡았다. 나는 불쾌하고 더러운 기분을 애써 참으며 웃어 보였다. 그 당시 나는 그것이 부반장으로 지켜야 하는 품위 같은 거라고 생각했다.

강제 전학에 대한 소문은 학교 안에 무성했다. 전학의 이유도 소문을 전하는 이마다 달랐다. 집단 패싸움을 벌였네, 육상부 코치를 때렸네, 원조교제를 했네 등등. 이유도 수십 가지였다. 그런 이유라면 강제 전학이 아니라 교도소에 가야 할 것 같았다. 그러나 전학 온 그녀의 실제 생활은 아주 조용하고 안정적으로 보였다. 그러던 어느 날 사달이 났다. 교실 뒷문을 있는 힘껏 열어젖히며 한나만큼 키가 크고 성질이 사납기로 유명한 여자애가 찾아온 것이다.

"김한나 나와! 니가 그렇게 말하고도 무사할 줄 알았나."

그 뒤에 서로를 욕보이고 흠집 내는 상스러운 말들이 난무했고, 넘치는 분노는 결국 몸싸움으로 번졌다. 한나는 그날 많이 맞았다. 오른쪽 눈이 부어오르고 하얀 교복 블라우스 곳곳에 핏자국이 스며들었다. 예쁘게 말아 올린 머리는 산발이 되어 교실 바닥 여기저기 흩어졌다. 나는 그런 그녀를 보며 조금 통쾌했다. 말싸움이 막 시작되었을 때, 선생님께 알리러 가자는 반장을 조금 더 기다려 보자며 말렸다. 그러다 그녀가 나에게 주었던 상처가 또 다른 폭력의 기억으로 조금씩 치유되기 시작할 때쯤, 나는 교무실로 달려갔다.

그날 이후 한나는 정말 조용히 지냈다. 이제 교실

의 누구와도 말을 섞지 않았다. 한나와 싸움을 벌였던 그 애가 이후에 반으로 찾아와 엄포를 놓았기 때문이다.

"이년이랑 말하는 년은 똑같이 만들어 줄 테니까 걸리기만 해 봐라."

한나는 그렇게 좋아하던 점심시간에도 늘 혼자였다. 이제 시절이 바뀌어 도시락 대신 급식을 먹었다. 한나는 모두가 급식실로 뛰어가고 나면 텅 빈 교실에 남아 혼자 도시락을 꺼내 먹었다. 가끔 그녀가 안 됐다는 생각을 하기도 했지만 딱히 돕거나 위로의 말을 건네진 않았다. 그렇게 반년이 지나가고 다음 해 겨울, 우린 졸업을 했다. 한나는 졸업식에 참석하지 않았다.

한나에 대한 미움이 사그라들고도 나는 콩이 들어간 음식을 잘 먹지 않았다. 그런데 낯선 도시 낯선 글자들 속에서 처음으로 이 음식을 골랐고, 그녀를 떠올렸다. 그녀를 머릿속에 담은 채, 아직 기포가 보글보글 올라오는 얼음이 든 콜라 잔으로 얼굴을 기울였다. 한나처럼 까무잡잡한 피부의 소녀와 그 가족이 맞은편 테이블에 앉았다. 나는 다시 내 테이블로 시선을 옮겨 요리 쪽으로 고개를 숙였다. 그리곤 있는 힘껏 콩 하나를 포크로 찍어 눌러 입으로 가져갔다.

꿈의 정리

"아 진짜, 이걸 다 언제 정리하노. 이번 이사 때는 이제 니도 좀 도와야지? 5년을 재워주고 먹여줬으면 이젠 이사도 좀 같이하고 그라자."
수는 얼굴을 최대한 훈에게 밀착하며 눈을 동그랗게 뜨고 말했다. 그러나 언제나 그랬듯 그의 말에 훈은

묵묵부답이었다. 이 집에 이사 올 때 큰맘 먹고 인터넷에서 샀던 십만 원짜리 카펫 위에서 자신의 반복된 일에 골몰하고 있을 뿐이었다. 그런 훈을 뒤로하고 그는 몸을 일으켜 노란 캐비닛을 열었다. 곧 훈이 다가와 안에서 풍겨오는 냄새에 관심을 보이기 시작했다. 수는 그것을 "Call me"라고 불렀다. 그렇게 부르는 데는 2가지 이유가 있었는데, 첫 번째는 캐비닛의 오른쪽에 영화〈Call me by your name〉의 메인 포스터가 붙어있었기 때문이고, 두 번째는 이 집에 이사 온 첫날 꿈에서 그 캐비닛이 수의 이름을 불렀기 때문이다. 수와 훈이 이 집에 이사 오고 그 캐비닛이 열린 순간은 손가락으로 꼽을 만큼이다.

"이게 내가 처음 샀던 가구다. 그때 월급이 아마 200만 원 정도 됐을 거야. 근데 우리 엄마가 거기서 70만 원은 꼭 적금으로 넣어야 된다고 그라데. 그때야 내가 뭘 알았나. 그래서 1년 동안 70만 원 적금으로 넣고, 남은 돈으로 살았는데. 거기서 밥값, 교통비, 보험료 빼니까 쓸 돈이 거의 없는 거야. 진짜, 그 일 년 동안은 내가 돈을 버는 건지도 모르겠더라고.

그래서 적금 끝나는 날, 내 날짜도 정확히 기억한다. 2015년 4월 6일. 그때 장바구니에 담아놨던 거를 바로 결재했지. 훈아, 내 말 듣고 있나?"
훈은 마치 탁월한 조사관이라도 된 양 평소에 거의 열리지 않던 미지의 세상 속을 열렬히 음미하는 중이었다. 캐비닛 안쪽은 총 5칸으로 분리되어 있었고, 수는 먼저 첫 번째 칸의 정리함을 꺼냈다. 정리함이 선반에서 분리되는 찰나, 그 아래에 깔려있던 지도 하나가 카펫 위로 떨어졌다. 여행 가이드 책의 부록으로 받았던 비엔나 시내의 지도였다.

"아, 그리운 비엔나. 내가 언제 또 이 비엔나를 가보겠노?"
수는 잠시 생각에 잠겼다.

그는 꿈이 많은 편이었다. 그러나 살면서 타국의 꿈을 꾸는 일은 거의 없었는데, 어느 날 비엔나가 처음으로 그의 꿈에 나타났다. 수는 미래에 살고 있었고, 1시간이면 비엔나에 도착하는 초고속 열차를 타고 여행을 떠났다. 비가 오는 어둡고 축축한 비엔나에 도착한 그는 망설이지 않고 빈 미술사 박물관으로 향했다.

"내가 살면서 수도 없는 꿈을 꿨는데, 진짜 그 꿈은 잊을 수가 없, 안돼, 안돼, 안된다고. 이거는 구겨지면 안 된단 말이야!"

금박이 들어간 클림트의 풍경화 엽서에 얼굴을 부비려는 훈을 억지로 떼어놓고, 수는 포개지고 서로 엉켜있는 기억의 조각들을 하나 둘 펼쳐보기 시작했다. 오르세, 오랑주리, 벨베데레, 크뢸러-뮐러, 반 고흐 뮤지엄, 테이트 모던. 수는 과학을 전공했지만, 오랫동안 미술을 짝사랑했다. 스스로 돈을 벌기 시작하면서는 해외 유명 미술을 찾아다니기 시작했다. 수가 미술관에 있을 때면 좀 더 오래 살면 좋겠다는, 평소엔 좀처럼 하지 않는 생각을 떠올리곤 했다. 가능하면 가까이서 자주 이런 작품들을 보며 살고 싶다고.

짝사랑의 시작은 어쩌면 어린 시절 엄마의 냉장고 때문이었다. 엄마는 언제나 냉장고 한쪽에 달이 지난 달력의 명화를 오려서 붙이고 그 아름다움에 관해 이야기했다. 수가 6살 되던 해, 엄마는 한 살배기의 키만큼 큰 르네상스 회화집을 사 왔다. 그러나 수의 기억 속에 엄마가 그 책을 읽는 장면은 어디에서도 찾을 수 없었다. 대신 수가 그 책을 마르고 닳도록 읽었다. 혼자만의 시간이 필요할 때, 수는 그 책을 꺼내 특정 페이지를 펼쳐 이야기를 지어냈다. 특히 보쉬의 쾌락의 정원과 라파엘로의 아기천사 그림을 좋아했다. 가끔 그때 상상했던 이야기를 글로 적어두었다면 정말 세상에 둘도 없는 독창적인 이야기들이 나왔을 거라고 그는 생각했다. 커다란 그 책은 수의 사랑을 듬뿍 받으며 늙어갔고, 어린 두 동생은 가끔 책 위에 앉아 침을 흘리거나 책장을 찢어 씹어 먹었다.

세월이 흘러 수가 전 세계의 미술관을 찾아다닌다는 사실을 알게 된 엄마는 그렇게 돈을 쓰는 대신, 결혼정보 회사에 가입해 좋은 사람을 만나 결혼을 하는 게 그녀의 인생을 더 가치 있게 할 거란 말을 했다. 아이러니하게도 미술의 아름다움을 알려준 사람과 그것의 무용함을 알려준 사람이 모두 엄마라는 사실이 그녀를 슬프게 했다.

"훈아, 할머니는 지금도 이 그림이 아름답다고 생각할까? 그래. 아름답다고 생각은 하겠지. 그런데 그 아름다움이랑 엄마 인생은 전혀 상관없다고 생각하는 것 같다. 근데 훈아, 나는 이 아름다움이랑 내 인생이랑 꼭 상관있게 만들 거다. 나는 아직도 포기 안 했다. 내일은 또 지하철 타고 똑같이 회사 출근해야 되지만, 나는 그래도 포기 안 할 거다. 죽을 때까지는 포기 안 할 거다."

그날 밤, 정리가 끝난 배고픈 수의 속을 채워줄 라면 냄새가 집안을 가득 채웠다. 그리고 닫혀있는 노란 캐비닛 속에선 현실의 라면 냄새 대신 친구가 선물한 프랑스 남부에서 온 라벤더 향 주머니의 생생함이 가득 차 있었다. 비어있는 건 유난히 노랗게 보이는 캐비닛 옆, 쓰레기통뿐이었다.

검은 털모자와 장갑

적적한 버스정류장 하늘에 눈이 내리기 시작한
다. 섬의 가장 높을 곳을 향해 걸어가던 발자국도 시
간이 갈수록 드물어진다. 지안은 5킬로 남짓 걸어오
며 단 한 명의 사람도 만나지 못했다. 당연한 일이
다. 정해진 코스도 아니고 이 한겨울에 북에서 남을

향해 차도를 따라 오르는 일을 할 사람이 누가 있을까? 정상으로 향할수록 눈발이 제법 굵어지고 불안 또한 쌓여간다.

"아야!"

눈과 바람이 섞인 자연이 지안의 따귀를 두드린다. 걱정과 두려움은 배가되어 지안을 감싸 안는다. '다음 정류장에서 버스를 기다려야 하나? 버스가 서긴 할까? 버스가 그냥 지나치면 어떡하지? 여기까지 괜히 올라왔어. 지금이라도 택시를 부를까?' 머릿속 생각들이 감각이 되어 통제에서 벗어났을 무렵, 여여쁜 것들이 살랑살랑 나풀거리며 다시 시선을 잡아끌었다. 앙고라 털을 흉내 낸 복슬복슬한 검은 털모자 위에 중력을 따라 희고 차가운 것들이 맺혔다. 지안은 불길하고 혼란스러운 생각들에 굴복하고 이만 걸음을 멈추기로 했다.

"견월교."

작지만 또렷한 음성이었다. 지안은 올라다 본 정류장 표지판의 글자를 다시 한번 속으로 읽으며 잠시 생각에 잠겼다.

겨울을 맞아 섬 한 달 살이를 시작했다. 모두로부터 방해받고 싶지 않아 그 누구에게도 행선지를 제대로 말하지 않았다. 다만 어느 섬이라고만 전했다. 다음 글을 준비한다는 그럴듯한 표면적 이유는 있었지만, 실상은 그게 아니란 걸 누구나 알고 있었다. 어김없이 찾아온 살아갈 이유의 부재 때문이었다. 지난달 겨울 마감을 끝낸 나는 보름 동안 이것에 대한 답을 얻기 위한 깊은 생각에 잠겼다. 동료들은 주기적으로 연락을 끊고 두문불출하는 나를 걱정했다. 그들 말로는 내가 너무 추상적이라 이해하기 힘들다고 했다. 그렇지만 그들에겐 나를 향한 사랑과 연민이 자리하고 있었다. 나 역시 그런지는 확신할 수 없었다. 비가 올 때만 가끔 흐르는 도시의 작은 배수로처럼, 나는 간간이 그들의 마음을 느낄 수 있었다. 이따금 나는 〈위험하다〉는 말을 들었다. 하긴 의사도 그랬다. 지금은 괜찮지만, 곧 더 격렬한 충동이 올 거라고 했다. 그러면서 눈부신 어둠 속의 나를 캄캄하고 숨 막힐 것 같은 외부 세계로 끌어내기 위해 애썼다. 친구들에게 그 이야기를 전했더니, 전에

보다 더 자주 나의 세상을 방해하는 시시콜콜한 이야기를 물고 왔다. 이어서 붉은 안락의자에 붙어버린 나를 지긋이 바라보며 옅은 미소를 보냈다. 동시에 굳이 소개해 주고 싶은 장소가 생각났다며, 주말 오전 산책길에 나서는 개의 주인처럼 나를 끌고 나간다. 나의 꼬리가 축 처져 있지만, 그들은 아랑곳하지 않는다. 나는 곧 우울하고 무한한 세상의 비명을 듣는다. 가끔은 억지로 끌려 나가 몸과 마음의 보신을 위한 빨간 고기들을 배 터지게 먹기도 한다. 그러나 그런 사소한 감정과 욕구가 범벅이 된 인간들 사이에서 나는 너무나 낯선 존재가 되어버린다.

'나는 언제 가장 생생함을 느끼는가?'

'인간이 존재하지 않는 조용하고 한가로운 가운데의 산책'

그렇게 나는 섬으로 향했다.

버스를 기다리는 동안 제법 굵어진 눈발은 머리 위에 작고 새하얀 산을 만들었다. 모든 것이 눈 속에 잠식되어 가는 모습을 바라보며 한동안 고요한 세상

속에 서 있었다. 그때 저 멀리 땅을 진동시키는 새로운 감각이 다가왔다. 동시에 지안은 다시 버스정류장에 홀로 서서 작은 산을 머리에 짊어진 사람으로 돌아왔다. 그 산을 그대로 머리에 이고 버스에 올라 맨 앞자리에 앉았다. 몰아치는 바람과 하염없이 내리는 눈 사이를 빙글빙글 돌며 버스는 잘도 산을 올랐다. 한 손으로 안전바를 잡고 다른 한 손으론 능숙하게 핸들을 돌리는 버스 운전사의 모습과 사락사락 눈이 내리는 바깥의 풍경이 합쳐지며 장 폴 르미유의 겨울이 떠오른다. 그것은 알 수 없는 아련하고 그리운 감정을 만들어냈다. 이 순간이 조금만 더 느리게 흘렀으면 할 때, 곧 고지에 도착한다는 안내방송이 흘러나왔다. 고도가 높아질수록 눈과 바람은 거세졌고, 대신 그 아래 모든 것이 고요했다. 차는 속도를 줄이고 정점을 향해 굴러갔다. 눈 덮인 성판악에 도착했을 때, 흰 눈에 파묻힌 한 사람이 기다리고 있는 것을 발견했다. 지안은 동질감과 함께 호기심이 발동해 고개를 내어 그를 빤히 관찰했다. 그는 주머니에서 뭔가를 꺼내려 했지만 잘되지 않는 것 같앉다. 이윽고 천천히 장갑을 벗는데 손가락 몇 개가 없었다. 순간 지안은 자신도 모르게 침을 꼴깍 삼키면서 스멀스멀 올라오던 진득하고 검은 마음도 함께 삼켜버렸다.

가끔 지안은 마음을 잘라내고 싶다고 생각했다. 사랑이니 환희니 기쁨이니 고독, 슬픔, 절망 같은 좀스럽고 자질구레한 것들 말이다. 동시에 이 진득하고 검은 것도 함께 사라진 무의 마음이면 좋겠다고. 그러나 진득하고 검은 것은 이제 거의 지안과 하나가 되어버렸다. 지안이 느끼기에 진득하고 검은 마음은 아주 오래된 것이었다. 최초의 기억이 다섯 살쯤이니 말이다. 상담사나 정신과 의사들은 늘 그것에 이유가 있다고 설명했다. 지안이 그럴만한 이유가 없다고 말하면, 솔직하지 않으면 나아지기 힘들다는 반응이 돌아왔다. 그들은 늘 자신을 속이는 일을 그만 멈추라며 친절하고 상냥하게 다그쳤다. 그리곤 이리저리 지안을 끌고 다니며 각종 검사를 하고 알 수 없는 약을 처방했다. 조금씩 다른 표현이었지만 결국 지안이 감추고 있는 깊고 어두운 내면의 억눌린 절규라는 말이었다. 세상엔 이유가 없이 벌어지는 많은 것들이 있다. 그런데 왜 굳이 이유가 있다고 말하는지 지안은 그 이유를 알 수 없었다. 지안은 그들 앞에서 꼭 실험실의 쥐가 된 것 같았다. 상담 시간 동안 지안은 가끔 이런 상상을 했다.

상상 속엔 오늘도 여전히 '그 이유'에 골몰하는 상대방이 있고, 지안은 상대의 눈을 바라보며 '그 이유'를 차분하고 개연성 있게 이야기한다. 그럼 상대는 어느 순간 유레카를 외치며 흡족해하고, 기쁨에 차 올라가는 입꼬리가 줌인 되며 이야기는 막을 내린다. 그러나 곧 막이 걷히고 여전히 무표정한 지안의 얼굴을 비추며 진짜 엔딩이 시작된다. 그 어느 하나 나아진 것도 나아질 것도 없이.

버스가 천천히 산에서 내려가는 동안 하얀 눈이 쌓인 바깥 풍경에 손가락이 사라진 손의 형상이 겹쳐 보인다. 고도가 낮아질수록 내리는 눈도 잠잠해진다. 눈이 그친 남쪽의 버스정류장에 내렸을 때, 지안의 머리 위 작은 산들은 방울방울의 흔적으로 이미 희미해져 있었다. 그때 지안이 하늘을 올려다보며 다시 입을 열었다.

"뒷빌레."

그러고서는 남쪽이라고 생각되는 방향으로 또 정처 없이 걷기 시작했다. 지안은 지도도 보지 않고 하염없이 걸었다. 중간에 털이 소복하게 오른 고양이 한 마리를 만나 인사를 나눴다. 그 녀석은 겁도 없이 하얀 눈밭을 헤집으며 지안에게 다가왔다. 그녀는 가방을 열어 먹을 것을 조금 나눴다. 해가 뉘엿뉘엿 넘어가는 시간이 되자 하늘은 노랗고 붉은 조명으로 가득 찼다. 지안은 발걸음을 멈추고 표지판을 확인했다.

"보목포구."

그러고선 목을 꺾어 위를 올려다보았다. 코끝을 스치는 해 질 녘의 차가운 바람과 눈앞에 펼쳐진 온기 가득한 하늘 빛. 지안은 혼재된 감각의 그 순간을 절절하게 느끼고 있었다. 마치 하나로 정의할 수 없는 자신의 마음과 비슷하다고 여기면서. 빛이 사라지고 까만 어둠이 내리고, 또 그 사이에서 작은 별빛들이 떠오르는 순간까지 그렇게 홀로 오독하니 서 있었다. 그리고서 다시 남쪽을 향해 걸음을 옮겼다.

노마의 그림자

추락하는 태양이 뿜어내는 오묘한 빛이 사람의 마음을 출렁이게 하는 시간이 가까워지고 있었다. 주변을 둘러보자 미지근한 오렌지빛과 온도가 세상을 잠식하는 중이었다. 사람들은 그 빛과 온도에 녹아들어 저마다의 알 수 없는 춤을 추고 있었다. 노마는 그 난해한 몸짓들을 해석하려 눈앞의 어지러운 군상들에 초점을 맞추었다. 그러나 언제나 그랬듯 타인의 비언어적 몸짓을 밝히는 것에 실패하고 다시 태양이 사라지는 서쪽으로 몸을 돌렸다. 순간 동쪽으로 기울어진 노마의 그림자가 투명한 오렌지빛으로 물들었다. 노마가 태양의 몰락이 생각보다 길다고 생각할 때쯤 환호성과 함께 루이스 다리에서 한 명의 소년이 몸을 던졌다. 대낮의 뜨거운 열기는 다이빙하는 소년을 따라 도루강의 깊이 속으로 빨려 들어가 버렸다. 이어서 불어오는 상쾌하고 시원한 저녁 바람에 노마는 기분이 좋아졌다. 여전히 주변의 소음과 인파가 신경 쓰이긴 했지만. 노마는 항구의 반짝이는 조명과 저기 멀리 사람들의 눈을 바라보더니 뭔가 큰 결심을 한 듯 자리를 박차고 일어났다. 그리곤 걷기 시작했다. 노마가 찾아간 곳은 앉았던 곳에서 2분도 채 떨어지지 않은 '토라오 스포츠 클럽'이라는 포트와인 가게였다. '스포츠'라는 단어가 노마의 마음을 잠시 어지럽혔다. 순간 그녀의 머릿속에 수많은 관중과 시끄러운 응원 소리 그리고 알 수 없는 응원 도구의 혼란스러운 이미지들이 떠올랐기 때문이다. 노마는 잠시 숨을 가다듬고 얼굴의 반 이상이 털로 둘러싸인 중년의 주인장에게 와인을 주문했다. 주인장은 오른손으로 비어있는 야외석을 가리켰지만, 노마는 웃으며 거절했다. 곧 세상에서 가장 달달한 와인과 플라스틱으로 된 작은 와인 잔을 손에 넣은 노마는 아까 그 자리가 혹여 다른 사람에게 침범당하지 않았을까 마음 졸이며 발걸음을 재촉했다. 저기 가로등 불빛에서 벗어나 적당히 어두우면서 강과 가깝고 인파와는 동떨어진 최적의 자리가 그대로 노마를 기다리고 있었다. 달음질치듯 그곳으로 되돌아간 노마는 아까보다 훨씬 편안한 자세로 자리를 잡고 와인병을 열었다. 태양 빛이 사라진 그곳에선 노마의 그림자가 어둠에 묻혀 보이지 않았다. 대신 붉은 향긋함이 지긋이 주변에 내려앉았다. 노마는 그 달콤함에 마음을 빼앗겼다. 그리곤 자신이 이것과 싸워 이길 수 없는 존재란 것을 잠시 망각했다. 노마의 몸은 붉고 향기롭고 달콤한 것으로 서서히 채워지고 있었다. 노마의 몸이 무르익을

수록 깊은 내면 속 무의식이 의식으로 올라올 의식을 거행하고 있었다. 흔들- 흔들- 흔들-. 노마는 아까 해 질 녘 대기에 몸을 싣고 움직이던 수많은 사람들처럼 새로운 몸짓언어를 만들어 내고 있었다. 그리고 흐린 의식 속에서 고향에 두고 온 누군가를 생각했다.

　노마는 고향에서 작은 아틀리에를 운영하고 있었다. 그곳에는 노마와 이야기가 통하는 꾸준하고 충실한 여성들이 오가고 있었다. 그중 유독 교양 있고 사려 깊은 60대 후반의 한 부인이 있었다. 그 부인을 처음 만난 건 현대미술관의 미술치료 프로그램에서였다. 노마가 강사로 일하고 있는 주말 오전 프로그램에 노년의 부인이 혼자 참여하는 것은 드문 일이었는데, 3년 전 어느 날 홀연히 나타나 12회기의 수업을 한 번의 지각없이 참여했다. 부인은 들쑥날쑥한 젊은 소녀와 청년들 틈에서 늘 무언가를 고심하여 그리고 있었다. 그러던 어느 날 회기가 모두 끝나고 그녀가 찾아와 말을 걸었다.

"선생님 안녕하세요. 이번 수업을 들었던 사람입니다. 혹시 따로 개인 수업을 하시나요? 저는 치료가 아니라 그냥 그림을 좀 그리고 싶어서요."
그렇게 노마와 부인은 3년 가까이 그림을 그리게 되었다. 아틀리에서 처음으로 부인과 이야기를 주고받았을 때 노마는 부러움을 느꼈다. 유복하고 부족한 것 하나 없이 살아온 부인의 인생과 앞으로 그림을 그리며 여유롭게 살아갈 노년이, 노마에겐 이룰 수 없는 꿈같이 느껴졌기 때문이다. 그러나 이곳에서 만나는 사람들에게 느끼는 이러한 감정은 노마에겐 흔한 일이었다. 노마는 소용돌이치는 감정을 그림의 행위와 지식을 채우는 것들로 잠재우기를 반복했다.

부인은 노마를 많이 아꼈다. 노마가 부모가 없다는 사실을 알자, 자신이 나눌 수 있는 작은 것들을 매번 수업에 부러 가져왔고, 끼니를 거를까 봐 함께 점심 식사를 하는 날이 늘어갔다. 그러던 1년 전 겨울바람이 매섭게 불던 어느 날, 양모로 만든 검은 털모자를 쓰고 온 부인은 노마에게 아주 사적인 비밀을 털어놓았다. 첫 비밀은 부인이 늘 자랑하던 두 명의 성공한 자식이 사실 입양아라는 것이었다. 입양을 의심할 유전학적 문제까지 철저히 고려해 남자아이와 여자아이, 이렇게 두 명의 자식을 비밀로 데려온 것이었다. 두 번째는 몇 년 전 딸아이의 생모가 찾아와 아이를 만나게 해달라고 했다는 것이다. 부인은 딸을 위해 만남 대신 돈을 건넸고, 그 이후로 불안의 나날을 보내고 있다는 이야기도 덧붙였다. 그날이다. 노마는 그날 마음의 평온을 느꼈다. 그날은 그림을 그리지 않아도, 책을 읽지 않아도 쉬이 잠을 청할 수 있었다.

와인 반병을 거의 다 비워갈 무렵 한 쌍의 커플이 노마의 시야 안에 새롭게 들어왔다. 그들은 가로등 바로 아래 자리를 잡았다. 두 사람의 뒷모습은 와인보다 더 달콤했으며 지는 해처럼 그들만의 색과 온도를 가지고 있었다. 노마는 마음이 불편했다. 이 잔을 비우면 얼른 자리를 떠나야겠다고 생각했다. 와인 잔을 들어 올려 와인의 붉은빛과 키스하는 두 연인의 모습이 하나의 장면에 겹쳐졌을 때, 노마는 질 끈 눈을 감고 남은 와인을 입속으로 털어 넣었다. 그때였다. 절규하는 듯한 여자의 비명이 들렸다. 노마는 얼른 눈을 떠 상황을 파악하기 시작했다. 어렴풋이 남자 하나가 항구를 향해 전속력으로 뛰어가고 있었고, 연인 중 남자는 소리치며 그 뒤를 바짝 쫓고 있었다. 여자는 계속해서 도와달라 소리치고 있었고, 주변에 앉아 있던 몇몇의 남성이 이에 응답하여 먼저 달려간 두 명의 남자를 뒤쫓기 시작했다. 곧이어 여자가 주섬주섬 짐을 챙겨 그들의 뒤를 거의 울부짖으며 따랐다. 노마는 순식간에 벌어진 그 사건을 멍한 시야로 한동안 반복해서 떠올렸다. 그러다 입가에 옅은 미소를 띤 채 자리를 털고 일어났다.

노마는 유독 노랗고 밝은 빛을 뿜어내는 가로등을 지나 밤새도록 반짝이는 루이스 다리를 건너 캄캄한 언덕을 올랐고 좁은 골목을 걸었다. 빛과 어둠을 차례로 지나는 동안 깊이를 알 수 없는 그녀의 그림자가 늘 뒤를 따랐다. 문을 닫은 상점으로 고요한 대성당의 뒷골목을 지날 때, 오늘따라 노마의 그림자가 유난히 짙게 드리워져 있었다.

작가의 말

    2023년 여름, 방학을 보내기 위해 포르투갈의 포르투로 떠났다. 여행을 떠나기 전 가장 중요하게 생각했던 부분은 숙소였다. 장기 투숙이니만큼 한 달 이상 숙소에 대해 고심했다. 원했던 숙소의 조건은 여러 가지였지만, 그중 포기할 수 없는 것은 반려동물의 존재였다. 동물이 없는 공간에서 안정적으로 숨 쉬며 살아갈 자신이 없었기 때문이다. 그러다가 포르투 시청 옆 꽤 좋은 위치에 고양이 네 마리와 개 한 마리가 있는 개인실을 발견했다. 나는 그러고도 꽤 오래 고민하여 예약을 마쳤다. 숙소에 도착하자 호스트 주앙이 반겨주었다. 그리고 차례로 페드리토, 안나 카타리나, 아르트루, 테레지냐라는 이름의 네 마리 고양이와 오틸리아라는 개 한 마리를 만났다. 도착한 그날 밤 나는 페드리토와 한 침대에서 잠을 청했다.

나름 여름방학이라고 했지만, 일거리를 잔뜩 가져갔다. 틈틈이 거실에 앉아 일을 했고, 숙소에서 식사하는 날이 많았다. 자연스레 호스트 주앙과 대화할 기회가 늘어났다. 나는 영어에 매우 약했고, 울렁증도 심했다. 그런데 주앙은 내가 하는 말을 찰떡같이 알아듣고 쉽게 대답해 주었다. 덕분에 나는 영어가 많이 늘었다.

일주일 정도 지났을 때, 이제 도시와 집에 적응했다는 생각이 들었다. 그러면서 집 안 구석구석을 살펴보기 시작했다. 느긋하고 사랑스러운 고양이들,

어딘가 어리숙하지만 따뜻한 개 오틸리아, 늘 쾌활하고 밝은 모습의 호스트 주앙. 집안 곳곳 배치된 빈티지한 가구들과 오래된 책들, 주앙의 LP판과 플레이어. 그곳의 밝음과 평화로움에 둘러싸인 나는, 상상의 나래를 펼치기 시작했다. 그렇게 〈항구의 집 : Casa do Porto〉가 시작되었다.

  〈항구의 집〉을 뒤따르는 짧은 소설들은 30대 후반에 썼던 글을 다시 고쳐 쓴 이야기이다. 이 글을 이어주는 하나의 공통된 주제는 '사람과 마음'이라고 할 수 있다. 40대를 앞둔 나는 지금까지 인간에 대해 내렸던 정의를 다시 쓰는 중이다. 다섯 편의 소설은 그러한 관점이 담겨있는, 사실은 조금은 무거울 수 있는 주제들을 담았다. 중간중간 따옴표 안에 삽입된 대화들은 사투리가 많다. 맞춤법을 지키지 않고 쓴 문장이라, 이해하기 어려울 수 있다. 그럴 땐 경상도 원어민 친구에게 읽기를 부탁해 보면 어떨까 한다.

책의 삽화와 사진은 모두 직접 작업했다. 그리고 여전히 주앙과 가끔 안부를 주고받는다.

항구의 집

발행일	2024년 9월 20일
지은이	김정아
펴낸곳	고양이 함수
출판등록	2022년 1월 27일 제332-2022-000001호
전자우편	cat-function@naver.com
주소	부산광역시 북구 학사로 135
ISBN	ISBN 979-11-977792-7-5 (03810)

·잘못된 책은 구입처에서 교환해 드립니다.
·이 책은 저작권법의 보호를 받는 저작물입니다.

Copyright © 2024 Kim jeong ah All rights reserved.

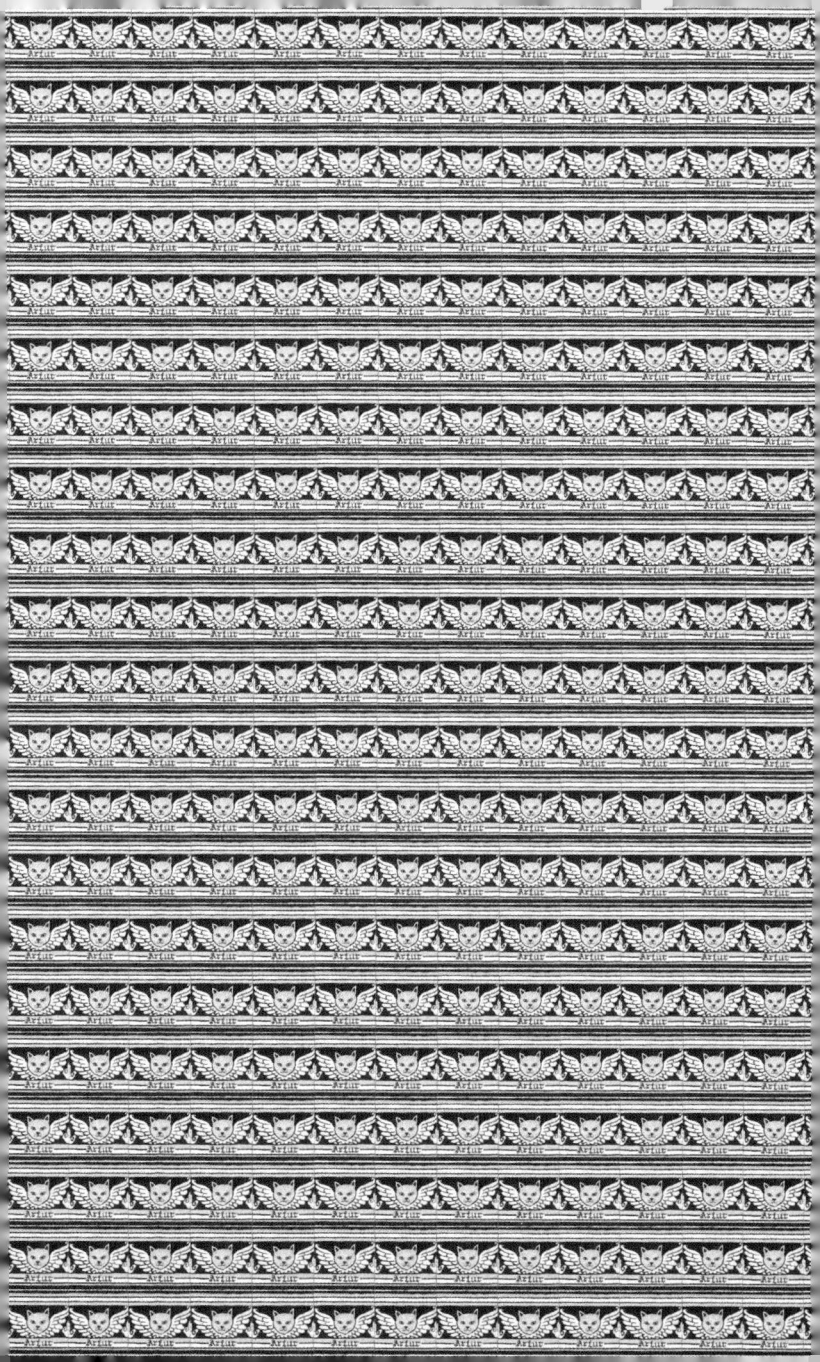

ISBN 979-11-977792-7-5   03810

₩15,000